À LA BELLE SAISON

Collection “1er mille”
– Dirigée par Catherine Guillebaud –

EAN 9782363083951

Pascale Auraix-Jonchière

À LA BELLE SAISON

roman

arléa
16, rue de l'Odéon, 75006 Paris
www.arlea.fr

Parfois, la veille encore, ç'avait été la belle saison, la gloire lasse des arbres.

Pierre Bergounioux, *La Toussaint*

Juin 2017

C'est le 19 juin 2017 en fin de journée. La lumière s'enroule autour des troncs. Elle enrobe le relief de la rambarde en fer forgé avec une douceur sournoise dont on ne se méfie pas. Juste avant le départ pour l'océan, il te semble. Lui est appuyé des deux coudes sur son balcon à examiner le paysage : le saule, les maisons avoisinantes, les collines autrefois vigneronnes jetées là et qui feront office d'horizon. Des feuillus alentour, s'époumonant d'oiseaux, définissent un espace convenable pour une banlieue campagnarde sans excès, peinte en forme de lisière. Il tient – tu crois te souvenir – un verre de bière à la main et la mousse tarde à s'évaporer. C'est un moment transitoire qui hésite encore à basculer.

Rien dans les paroles qu'on échange n'est vraiment mémorable et soudain sa voix, qui trace entre les nuages : Tu sais, je me suis dit que ça pourrait être bien d'aller en maison de retraite. Tu t'étonnes, interroges. Quelle drôle d'idée. Tu ris, crois qu'il a voulu te tester. Lui ne rit pas, c'est à peine s'il esquisse un sourire. Mais tout de même, il l'esquisse. C'est un beau sourire qui éclaircit ses yeux. Il compte sur toi pour lire à travers les eaux entremêlées de ce regard. Mais tu ne le sais pas, et lui-même n'en a sans doute pas conscience. C'est pas mal, tu sais, la maison de retraite. On n'a rien à faire.

Il sait pourtant que tu l'aideras, que vous les aiderez, si là est la question.

Car vous êtes un *nous*. Un *nous* qui croit en l'efficacité de sa bonne volonté constitutive. Un *nous* comme un bloc pour empêcher de chavirer et qui, pour commencer, a l'aptitude de faire les courses, de devancer les désirs, d'inviter à déjeuner ou à dîner, de conduire chez les généralistes, les spécialistes : ophtalmologue, dermatologue, oto-rhino-laryngologiste, cardiologue, pédicure au besoin, puis de nouveau chez le généraliste. De s'arrêter à la pâtisserie au retour. À la pharmacie. Un *nous* à quatre bras qui portera les sacs de provisions, les hissera jusqu'au premier étage parce que l'on n'est pas loin et c'est une chance.

Mais le regard, quoique doux, s'obstine et lui ressasse. Oui, mais c'est pas mal, la maison de retraite. Tu peines à comprendre ce qui ne va pas.

Or, ce qui ne va pas, c'est la haie. Il faut la faire tailler.

Tu regardes, dubitative, la haie modeste qui sépare la propriété de celle du voisin et n'exige, de toute évidence, aucune forme d'intervention. Certes, elle est un peu de guingois, chacun ajustant tant bien que mal sa taille à celle de l'autre, de chaque côté, dont on est convenu de se partager l'entretien. Et tu mesures avec étonnement la profondeur des abysses qui s'ouvrent devant lui qui ne détache pas son regard de ce friselis inoffensif se découpant sur fond de ciel encore bleu. Son avenir est hypothéqué par l'inadéquation des lignes avec ce qui doit valoir comme étalon aux confins de son esprit : un rêve de haie toilettée, d'une élégance absolue, dont ne dépasserait nulle frange ciliée, où ne frémirait aucune insurrection de rameau. La haie pèse lourd, apparemment, dans son désir d'ailleurs. Un ailleurs dont l'attirent, contre toute attente, la vacuité et l'allègement idéal. Plus qu'une offense esthétique, la haie lui oppose l'inertie de l'impossible. Que faire et qu'en faire ? Comment venir à bout de cette disgrâce qui souligne désormais toutes les espèces de disjonction qui déforment avec obstination son quotidien ? Le paysage est une offense. Le jardin, un semblant de géhenne.

À vau-l'eau (Tomber)

[...] le crâne chauffé à blanc par le bec de gaz qui sifflait au-dessus de sa tête, M. Folantin avait à peine mangé et maintenant la guigne ne le lâchait point; son feu hésitait, sa lampe charbonnait, son tabac était humide et s'éteignait, mouillant le papier à cigarette de jus jaune.

J.-K. Huysmans, *À vau-l'eau*

Fin août, 2 heures du matin

Il était deux heures du matin lorsque la sonnerie du téléphone s'était invitée dans ton sommeil qu'elle avait fini par trouer. Il faisait chaud. Samuel, hébété, s'était saisi du combiné, maintenant éveillé, mais comme sous l'emprise d'une incompréhension.

– C'est quoi ?

– C'est pour toi… je crois.

Tu te hérisses d'alarme, nue sous les draps. La voix est masculine, parfaitement inconnue, comme extirpée d'un songe.

– Cécile ? Êtes-vous Cécile ?

Ça répète. Tu peines à te demander pourquoi cet imbécile à la prononciation comateuse s'obstine à proférer ton nom. Mais enfin, qui est-il, après tout ? et que veut-il ?

– C'est les pompiers. Madame Cécile, je suis chez vos parents. Votre père est tombé, il a dit d'appeler Cécile. Il avait un carton avec le numéro de téléphone et le nom : Cécile. Ça n'a pas l'air trop grave, mais il faudrait venir parce qu'il a l'air un peu perdu.

Tu as bondi. Vous avez bondi tous les deux, d'ailleurs. Le *nous* prouvant son efficacité à toute épreuve, quelles que soient l'heure et la profondeur des rêves, qui s'embrouillent, se superposent un court instant, avant que chaque chose ne se repose à sa place : le cadre – votre chambre –, le moment – la pleine nuit encore claire et qui fleure bon les seringas, très tiède –, les objets – ta robe en coton à enfiler en toute hâte. Et vous dévalez l'escalier, prenez la voiture. C'est une scène de cinéma. Où sont les caméras ? Arriver en trombe, fendant la nuit parfumée (le parfum des nuits fera cicatrice), constater que c'est bien vrai – et la scène se précise, stéréotypée à outrance : la lumière du gyrophare tournoie et ses ailes bleues bousculent la nuit d'été. Tu cours, des gravillons dans tes chaussures.

Le plan-séquence s'est fixé dans le hall, porte ouverte. Ils l'ont hissé sur une chaise, mèches rabattues sur le front, regard qui chavire. Son visage est blessé et ses mains meurtries. On le dirait sorti des ronces. Ils sont au moins trois, bottés, harnachés, solidement campés. Leurs voix portent. Cette entrée résonne et la scène

– sera-t-elle bonne ? suffisamment construite pour être remisée durablement dans les archives de ton cerveau ? –, la scène se compose avec un certain équilibre : l'homme qui prend des notes, celui qui attend les ordres, tourné vers la porte, celui dont tu reconnais l'accent étranger et qui t'a téléphoné, pêchant au bout des ondes, quelque part dans les environs, une Cécile sans visage probablement endormie et sans âge parce qu'après tout, Philémon et Baucis, qui ont ouvert leur porte aux émissaires de la nuit dans une version revisitée de la légende, frappés d'infortune et dotés d'une descendance, pourraient tout aussi bien avoir une fille de quarante ans, que plus jeune ou plus âgée – et peut-être ne serait-elle que l'unité la plus proche géographiquement d'une tribu éparpillée aux quatre vents, sur cette planète emmaillotée dans le tissage ethnique des parcours incessants des vols internationaux. Une Cécile enfouie dans ses rêves – mais c'est une voix d'homme qui a répondu, et Cécile a les bras nus et bronzés ; comme surgie d'outre-Atlantique, bien qu'elle arrive de la maison d'à côté. Baucis fait contrepoint. À l'arrière-plan, elle frôle la transparence : frêle, hagarde comme la libellule du poète, vêtue comme en plein jour, parce que ce vieux couple bivouaque désormais dans la salle à manger, chacun calé dans son fauteuil, blotti sous quelque robe de chambre et paré déjà pour affronter le jour.

L'étranger peine à établir le dialogue. Il questionne, mais n'obtient que de rares réponses. Quand tu prends le naufragé dans tes bras et que tu caresses son visage, quand tu lui parles à l'oreille parce que toi seule dans cette séquence (le script a oublié de le préciser) sais qu'il n'entend que très mal et de très loin – Baucis toujours frappée de stupéfaction, fixée devant la porte du placard –, le dialogue s'établit enfin. C'est décousu, ça émerge de loin et en même temps le récit se structure. C'est le récit d'une agression, roulé sous la langue avec terreur : Il s'est levé. Ils étaient là. Ils l'ont poursuivi autour de la table. Ils se sont mis à plusieurs, à courir derrière lui, pour le faire tomber. Il est tombé. Heureusement qu'il y avait Paul, toujours fidèle et courageux, ce Paul, qui l'a sauvé. Mais ils couraient. Ils couraient, là, tout autour de la table.

Les acteurs de la sarabande, les agresseurs, seront identifiés. Ils émergent de strates diverses du passé. Un passé qui sédimente.

Tu as pleuré pour la première fois devant ce scénario terrifiant : il y avait même un pont, érigé, là, au-dessus de la table, un pont vertigineux d'où l'on pouvait vous jeter. D'où ils *voulaient*, absolument tous, le jeter. Si Paul n'avait pas été là…

Tu ne connais pas Paul. Mais il existe assurément et tu lui en es reconnaissante.

On l'emmène aux urgences pour vérifier que tout va bien. Tu comprends qu'on subodore un vaisseau qui flanche ou quelque migration suspecte. Tu suivras la voiture des pompiers comme dans un rodéo d'enfance. Samuel reste à demeure pour garder Baucis. Ils s'assoupiront de concert, chacun carré dans son fauteuil. Le chef des pompiers – l'intrus du téléphone qui t'a appelée Cécile (*Cécile. C'est toi, Cécile ? sors de tes rêves et viens me rejoindre ! Prends l'allée de buis et accours en somnambule dans ta petite robe d'été, mauve et blanche. Viens te poser, petit papillon désheuré, sur le front du gisant qui parle. Et suis-le gaiement au fin fond des catacombes*) –, l'intrus, donc, t'a jeté un regard accusateur quand tu as monté le ton pour exiger de Baucis, qui voulait suivre, qu'elle reste à demeure. C'est que cet homme ignore qu'à ses heures, avec constance et depuis déjà trop longtemps, changeant sans vergogne d'histoire, Baucis la femme au doux visage force sa voix et son regard pour appeler Philémon et l'attirer du fond de sa nuit. Et que, quand il l'aide à remonter la pente, elle l'oblige à se retourner vers elle pour qu'il roule à son tour au fond du trou.

Cet homme, qui observe pourtant les familles qu'il surprend à pas d'heure, dans des tenues et des situations improbables, n'a pas encore appris à lire sur ces visages alarmés les signes de la grande Absence. Il ignore que son cerveau à elle, depuis bien longtemps, n'obéit plus à ses synapses, comme rien ne l'a laissé supposer dans le plan-séquence n° 1, il faut bien le reconnaître.

De 2 à 6 heures, Cour des Miracles

Tu t'es retrouvée dans le sas du grand hôpital, ce hall où l'on remise les accompagnants. L'écume des nuits. Ces nuits trop longues, hérissées d'aspérités, creusées d'ornières, traversées de fulgurances et qui absorbent les cris comme une éponge. Tu as pensé « accompagnant » et puis tout aussitôt cet autre mot, « aidant » – peut-être aussi, dans la foulée, « résilience ». Tu t'es vue prise dans une panoplie à l'architecture redoutable qui impliquait, par exemple, que tu sois assignée à résidence pour une durée indéterminée, à deux heures du matin, dans un hall percé de courants d'air tragiques. Là, juste de l'autre côté du mur de verre qui te séparait de l'antre des misères où tu n'avais de cesse de vouloir t'immerger avec lui.

Sa détresse était sans nom. Lui que l'on avait poursuivi jusque dans sa maison, à seule fin de le faire tomber. Transplanté. Désormais clôturé et sevré d'affection en terre inconnue. Tu te félicitais que Baucis ne soit pas présente, à demander mais qu'est-ce qu'on fait là ? Et encore, mais où est Philémon ? Puis, mais qu'est-ce qu'on fait là ? Et où est Philémon ? Oui. Où était Philémon ?

Il était urgent de forcer le mur.

Tu t'étais engagée pour le rejoindre dans une artère où divaguaient les masses informes de corps charriés sur des brancards qui flottaient à vau-l'eau dans l'espace. Tu avais dû traverser ce boyau encombré des hommes et des femmes qui gisaient là et s'y débattaient vaguement. Ils gênaient horriblement le passage : ceux qui clopinaient en testant une posture debout, cahin-caha, et se cassaient en marchant – pour aller où ? – ; ceux dont un membre tordu, saturé de saillances, s'échappait du drap ; ceux qui cherchaient à te happer pour obtenir de toi la reconnaissance spécifique de leur détresse. Qui réclamaient un résultat. De l'eau. De l'aide. Une main. Parce que tu allais vaillamment, ingambe et miséricordieuse, aussi différente de tous ces corps échoués que tu l'étais des silhouettes blanches, vives et besogneuses, qui sillonnaient incessamment l'espace. À force de te déplacer entre ces amas de linge remisés sur les côtés, tassés sur des chaises, écroulés sur des lits de fortune, hébétés et qui geignaient ou, plus agressifs, grondaient; de te heurter aux visages rechignés, aux sourires ravalés, tu l'as trouvé : Philémon inquiet mais calme, en bivouaqueur désabusé, maintenu par quelques fils et qui ne comprenait pas la raison d'être de son embarcation provisoire. On attendait. Des gens passaient. Philémon, ton père, parlait. Et dans les effluves du grand radeau de l'hôpital, il fut conclu au bout de la nuit que rien n'était à signaler hormis une déshydratation sévère : pas de fracture, pas de scanner car le sujet avait repris ses esprits. Rien. Que le début non annoncé d'un long voyage au pays de l'Absence.

Un an plus tôt (plus, peut-être)

Le calendrier y perdait son latin. L'agenda se boursouflait. C'était toi qui conduisais. Le scénario se répétait, identique à lui-même.

Leurs deux silhouettes chancelantes, postées devant le portail comme deux pauvres statues de sel, s'emmitouflaient dans les mêmes hardes, quel que fût le temps. Il y avait de longs conciliabules au moment de tourner la clé dans la serrure. Tu pensais à offrir un nouveau manteau à Baucis pour Noël. Rien de trop long pour sa petite et fine silhouette. Lui redonner un peu de couleur, un peu d'élégance, du confort aussi. Elle assurait qu'elle était bien. Ses jambes étaient nues en toute saison. Elle ne portait plus de talons, elle s'agrippait à son sac comme à un talisman. Le sac était vieux ; il tenait de la loque et tu en avais honte. Gonflé comme un abcès. Dans la rue, on vous regardait. Le convoi n'était pas fiable. On imaginait qu'il pouvait verser, que les essieux pouvaient tourner.

Les parcours se répétaient. Trois petits hamsters – parfois quatre, quand le *nous* estimait devoir se mobiliser – qui tournaient sans relâche autour de la même roue lancée à vive allure. Vous alliez chez l'ophtalmologue en priorité, parce que tout se brouillait sous les yeux de Philémon. Il fallait bien qu'il y eût quelque chose. Malgré les examens et leurs résultats strictement normaux, un nouveau rendez-vous serait pris en urgence. Philémon répondait à côté des questions qu'on lui posait car il était sourd et ne supportait pas les prothèses auditives. L'intolérance, au début, était essentiellement philosophique. C'était une question d'*ethos*. Mais, le temps passant, elle était devenue physiologique, tout un univers monstrueux d'acouphènes et de parasites tous plus agressifs les uns que les autres venant révolutionner son cerveau sans ménagement. Tu traduisais. La superposition des deux langages, souvent contradictoires, était étonnante. La vue, elle, était stable. Mais lui, expliquait avec une précision méritoire le vacillement du monde qui le hantait et l'empêchait d'évoluer normalement dans l'espace : comment les jointures du carrelage se dissociaient pour engendrer une géométrie cruelle et instable, comment le sol s'éloignait de lui ou tournait. Ce sol sans plus de consistance rendait tout déplacement périlleux, d'autant qu'il s'obstinait à descendre l'escalier extérieur et parfois glissant plusieurs fois par jour – pour sortir la poubelle, chercher le courrier, rentrer la poubelle, déposer quelque chose dans la poubelle, mieux garer la voiture désormais invariablement un peu trop à droite ou un peu trop à gauche. Il conduisait toujours, pour faire les courses, à petites fois.

Il avait d'abord renoncé aux voyages hebdomadaires qui les transportaient dans le grand jardin, et il fallait au printemps les y conduire pour qu'ils puissent s'y installer en villégiature la moitié de l'année. *Nous* décuplait ses compétences. Car quelqu'un devait en parallèle acheminer sur place une autre voiture, qui servirait, là-bas, à aller acheter les denrées alimentaires. En novembre, après le fleurissement des tombes, le même cortège se déployait sur la nationale et prenait le chemin inverse. Pendant la villégiature, il y avait les allers-retours pour permettre à Philémon de venir vérifier que tout fonctionnait bien dans la maison désertée, pourtant déjà surveillée par vos soins. Il avait, plus tard, tacitement admis son incapacité à conduire en ville – la ville fût-elle de taille modeste. Mais jusqu'au mois d'août 2017, il s'obstinait à maintenir ses sorties au petit supermarché et, chaque jour, à la boulangerie.

Nous avait expliqué l'intérêt de congeler du pain lorsqu'on dispose d'un congélateur. Mais l'obstruction était, là encore, de nature philosophique. Puis vint le moment où Philémon pleura, en constatant qu'il n'avait pas refermé correctement ledit congélateur – et qu'étaient définitivement perdues de précieuses denrées qu'il rêvait de partager en famille, pour les Fêtes. Un deuil définitif s'ensuivit.

Les visites s'emballaient. Le convoi étonnait. Les passants s'écartaient. L'ophtalmologue te regardait. Le dermatologue te regardait. L'otorhino te regardait. Tous, te regardant, conversaient avec toi : un sous-discours efficace, empathique et sans équivoque, que tu comprenais. Tes parents, eux, restaient en dehors de ce discours – lui, parce que les choses tout autour s'obstinaient à se dérober ; elle, parce qu'elle vivait loin, très loin en arrière, en un temps où rien encore n'était figé, un temps toujours vif et dans lequel rien n'eût pu justifier que se trament ainsi autour d'eux des échanges occultes.

On ne saurait jamais vraiment au juste quand avait commencé cette lente dérive des continents. À partir de quand les pointillés des carreaux granitiques s'étaient faits plus agressifs, quelle puissance obscure avait entrepris de les desceller. Et comment étudier cette inquiétante tectonique des plaques.

Fin de l'été 2017

Les nuits d'été s'interrompaient. Le téléphone sonnait.

Tu changeais au besoin d'identité, comme ce soir où Philémon haletant t'appela pour que tu viennes les délivrer d'assaillants imaginaires. Tu entrais dans leur double jeu.

– Que se passe-t-il, papa, tout va bien ?

– Non. Ils sont revenus.

– Mais qui ?

– Tu sais bien, les mêmes, ils courent après moi. Ils sont méchants. Ils veulent me jeter par-dessus le pont.

Tu ris. Il faut bien rire. Tu te veux rassurante. Il faut juste désamorcer la crise, penses-tu. Tu t'improvises psychothérapeute.

– Calme-toi. Tu es là. Tu n'es pas tombé. Ils sont partis ?

– Ah, mais non. Non, non. Ils sont dans le jardin. Ils tournent autour de la maison. Ils ont des fusils. Il faut que tu viennes.

Nouveau plan-séquence. *Tournez.* Cécile enfile une autre robe d'été. C'est la pleine nuit. Dehors, les réverbères sont éteints, mais un filet de lune dessine le contour des haies, de la route, des portails. Sans poésie perceptible, cette fois-là. Des chiens aboient. Il ne fait pas froid et Cécile conduit en tongs.

C'est en tongs qu'elle est censée courir sus aux assaillants, qu'elle affrontera à mains nues et boutera hors du petit jardin. À l'étage, on a peur, mais on ouvre grand la porte car on a entendu sa voix et l'on ne doute pas que l'on sera sauvé.

– Tu les as eus ?

L'œil pétille : amour des westerns et jubilation malicieuse. Tu as essayé d'expliquer, comme on raconte une histoire à un enfant pour le faire s'endormir, dans la salle à manger ronronnante où le téléviseur ne s'éteint plus et où ils sont embarqués pour la nuit, qu'il n'y avait personne. Que tout cela était le fruit de son imagination. Que personne ne lui voulait de mal. Que c'était lui qui trébuchait. Que cela n'avait rien d'étonnant, en s'extirpant de ces fauteuils avachis dont il était désormais impossible de les séparer.

Tu assistais à de stupéfiantes anamorphoses. Tu avais appris, petite, que le sphinx avait distingué trois étapes dans la vie des hommes, désignées par trois figures distinctes : l'homme en effet changeait d'apparence au fil des âges, comme un faucheux dont le nombre de pattes évoluerait – quatre, deux, trois –, mais il manquait dans cette énigme l'étape finale où l'homme, que ses trois membres ne suffisent plus à porter au soir de sa vie, renonce à se déplacer et investit de façon chronique une coquille. Tes parents, l'un comme l'autre, en parfait accord, s'étaient ainsi affublés d'une carapace de velours bleu frangée.

Pour lui, le fauteuil crapaud, de taille réduite mais enveloppant – et qui entravait les mouvements –; pour elle, la forme plus oblongue du petit canapé qui assurait une nonchalance amniotique et évoquait l'élégance lacustre de variétés de gastéropodes moins communes comme la limnée des étangs, grêle escargot d'eau douce. Tu avais parfois l'étrange impression que certains de leurs organes vitaux s'étaient incrustés dans ces coquilles domestiques et que leurs corps, libérés de leurs enveloppements bleuâtres, vaguaient à grand-peine, pressés de retrouver leur nouveau domicile. La tendance, en tout cas, était à l'encalminage.

Cette fin d'été fut ponctuée d'épisodes parfois comiques et souvent tragiques, où le désespoir et l'impuissance l'emportaient.

Quand vient l'automne

L'automne fut le temps des chutes, devenues endémiques – diurnes ou nocturnes. La sève de la végétation, elle aussi, refluait. Il leur restait tout juste assez de ressources pour appeler de l'aide. Les pompiers revinrent. C'étaient des familiers. Tu repartis aux urgences, dans un hôpital spécialisé en gériatrie, cette fois. On s'y pressait moins. La détresse y criait un peu moins fort.

Il fallut plusieurs hospitalisations. Pendant ce temps, Baucis restait seule.

La maison était constellée d'affiches, les meubles et les objets hérissés d'étiquettes, de modes d'emploi, d'injonctions ou de mises en garde. La cuisinière électrique ne servait plus depuis longtemps car tout y brûlait invariablement comme en témoignait la batterie de casseroles culottées de noir. Tu avais apporté ton petit micro-ondes, simple d'emploi, et sur chaque bouton, au feutre indélébile, réécrit la fonction en gros caractères : « tourner », « appuyer », « tirer ». Mais encore eût-il fallu avoir l'idée même de se servir de l'objet. Baucis n'avait pas faim, de toute manière.

Depuis l'été, leur vie avait changé. Tu avais imposé, à l'issue d'un combat aussi mémorable qu'épuisant, une femme de ménage, chargée de redonner un semblant de cohérence à cet intérieur où tout partait à la dérive. Dissocier par exemple le linge propre et le linge sale vidés en vrac dans la baignoire, avant de programmer une lessive. La lessive finie, il t'incomberait d'étendre le linge, et d'intervenir au plus vite le jour suivant avant qu'il ne retourne dans la baignoire par une impulsion devenue irrépressible. Philémon se plaignait : ses habits étaient sales. Il faudrait acheter des sous-vêtements. Tu avais découvert, rangés en piles égales, des montagnes de slips neufs d'un blanc parfait dans la penderie qui jouxtait le lit. Tu avais pu lui apporter de quoi se changer à l'hôpital. Il semblait revivre. Retrouver sa dignité. Baucis, elle, ne trouvait plus le parcours qui conduisait à la penderie, ignorait même qu'elle renfermât quelque chose.

Tu avais imposé les repas livrés à domicile. Et vous passiez des heures à cocher les cases des mets choisis par l'un et l'autre chaque semaine. Il fallait répéter le nom des plats avec pédagogie ; rappeler les goûts (oubliés) et les allergies (passées à la trappe). Faute de quoi les documents restaient posés sur la table et toute perspective de nourriture disparaissait. Les séances s'étiraient en longueur. C'était difficile. Les repas ensuite restaient dans le réfrigérateur. Ils devenaient périmés. Le micro-ondes était trop compliqué. Tout était trop compliqué. En réalité, plus rien de fonctionnel n'existait. L'idée même de fonctionnalité n'était plus d'actualité.

La nuit et le jour se confondaient. Tu avais imposé un suivi médical quotidien à domicile, deux fois par jour. Pour les médicaments (inutiles), la toilette (refusée). La maison était une forteresse. Nul intrus ne pouvait y entrer. C'était la demeure du grand débordement, du chaos programmé, et de tous les dangers.

Baucis avait mangé chez toi. Elle trônait à table comme une princesse. Ses joues rosissaient. Elle avait oublié l'absence de Philémon – qui revenait la frapper comme un vertige de temps à autre. Tu réexpliquais : il était tombé, il était à l'hôpital, tu allais le voir chaque jour, il valait mieux qu'elle ne t'accompagne pas.

Tu l'avais emmenée une ou deux fois. Elle ne comprenait pas. On racontait de nouveau l'histoire. Celle de la dernière chute. À l'aller. Au retour, elle redemandait l'histoire. Tu racontais en boucle. Elle s'accrochait à son sac.

Tu avais voulu la garder près de toi. Lui avais prêté une chemise de nuit. Des produits de toilette. Tu l'avais aidée dans la salle de bain. Elle était joyeuse. Se regardait dans la glace. Les produits sentaient bon. Dans la maison, elle se perdait. *Nous* s'était fait diplomate, avait expliqué, fait visiter, pensé un dispositif. On fermerait la porte du fond pour mieux circonscrire l'espace. La chambre : confortable, simple, blanche. La lumière près du lit. Les oreillers. Un livre à gros caractères pour se faire croire qu'on lit encore. De l'eau, peut-être ? De la crème pour les mains. La salle de bain juste à côté. Mais dans l'esprit troublé de Baucis, l'idée s'était imposée qu'il n'y avait pas de volets – et c'était tout un imaginaire de nuit habitée prête à s'infiltrer dans la chambre. La nuit s'appuierait aux vitres comme un gros museau. Les volets, pourtant, imposaient leur bouclier bleu. Mais Baucis retournait sans cesse à la fenêtre pour en tâter les contours. *Dessine-moi une fenêtre.* Sur les dessins joliment colorés de ton fils, dont l'un ornait toujours son ancienne chambre, tous les volets étaient ouverts, la maison dansait dans la nuit et des étoiles venaient s'y imprimer. Mais Baucis craignait l'infiltration du noir, ou de percevoir les constellations. Est-ce qu'il y a des volets ? Oui, les volets sont fermés. Elle ne voyait pas les volets, seulement son visage qui se reflétait sur la vitre. Alors vous étiez montées très lentement à l'étage, dans une chambre tout près de la vôtre. Mais là aussi, il manquait les volets.

La seule maison qui lui convînt, c'était la sienne : une maison dont les volets restaient ouverts de nuit comme de jour depuis bien longtemps. Tu l'avais ramenée dans sa maison. Elle s'était endormie.

Blanc

S'il avait fallu trouver une couleur pour caractériser cette période, c'eût été le blanc. Blanc comme la neige qui gommerait un paysage au fil des jours – et qui nous forçait tous à avancer dans une lande inconnue de nous, hérissée de fondrières et de paluds stagnants. On pouvait s'y embourber à tout moment, s'y perdre *comme les damnés du Dante* sans espoir de rémission, tant l'espace privé de lisière et sans route semblait ne pas devoir finir. Et de fait, nous y serions assignés à tout jamais…

Blanc comme ces dépôts amyloïdes que l'on s'imaginait envahir certaines zones du cerveau et gêner le fonctionnement des synapses. Une neige, décidément, qui grippait les rouages, faisait patiner la mémoire et finissait par s'ériger en congères irascibles.

Blanc comme l'hôpital et ses surfaces aseptisées, sur les parois duquel glisser. Et dans la cour le grand tilleul avait beau gesticuler, il ne communiquerait nul oracle. Blanc comme l'absence de diagnostic. On appelle « démence » ce grand territoire sujet à métamorphoses où tu cheminais de concert avec Philémon et Baucis, inquiète à l'idée qu'un jour, héritière infortunée, il ne t'absorbe à ton tour sans qu'aucune pelle à neige n'en vienne à bout.

Le bruit et la fureur (Confondre)

La vie n'est qu'une ombre qui passe, un pauvre acteur qui se pavane et s'agite durant son heure sur la scène et qu'ensuite on n'entend plus. C'est une histoire dite par un idiot, pleine de bruit et de fureur, et qui ne signifie rien.

William Shakespeare, *Macbeth*

Et toujours l'automne

Tu te rendais tous les jours à l'hôpital, après chaque nouvel effondrement de Philémon. La route avait quelque chose d'exaspérant et pourtant ces visites, qui ressemblaient à des rendez-vous intimes, étaient précieuses. C'était comme une confession ou des aveux, toi jouant, au choix, le rôle du prêtre, du médecin de famille ou plus simplement de la fille auprès de qui son père s'épanche, un père taiseux – par nature, et parce que la vie l'y avait contraint.

En réalité, durant chacun de ces séjours, vous étiez trois à converser dans la chambre. Philémon avait une interlocutrice secrète que tu ne parvins jamais à identifier mais qui parasitait tous vos échanges. En tout cas, *elle* était là, toujours assise. Elle avait l'air de l'importuner. Il était peu amène avec elle et la rabrouait. Elle ne répondait guère et lui ne savait que répéter ses questions. Qu'est-ce que vous faites là ? Que voulez-vous ? Et à toi : tu la vois ? qu'est-ce qu'elle veut ? je ne la connais pas, moi. Tu imaginais une mère – *sa* mère – ou une tante défunte. Il y avait cette jeune tante morte à vingt ans, d'une beauté à renverser le monde et dont, même adulte, il n'avait jamais parlé ni supporté de regarder l'image. N'était-ce pas temps pour elle de revenir ? Tu te faisais fort de faire alliance avec elle, que tu pensais bienveillante. La mère l'eût été tout autant, revenue veiller sur le fils avec ses yeux si clairs. Il avait bien fallu, quoi qu'il en soit, composer avec cette présence, qui prenait presque consistance. En nier l'évidence eût été absurde. Tu commençais à t'installer dans un monde parallèle.

C'est pendant ces entretiens que ce que tu n'avais pas su voir – et ce à quoi aucun des médecins consultés ne s'était intéressé – t'a été révélé, et que tu as compris le pourquoi de ce corps étique et de sa souffrance. À cette époque la démence, capricieuse par nature, faisait assaut par intermittence – ce qui laissait à Philémon le temps d'expliquer, de rationaliser. Il décrivait alors l'enfer qui était le sien. Son impuissance à lutter contre la fureur de Baucis, qu'il protégeait depuis des années en gardant soigneusement son secret (il n'y était que trop bien parvenu). Cadenassée dans son déni, elle refusait toute idée d'intrusion dans son foyer, dont elle était prête à défendre l'accès avec fureur. Lui, à bout d'arguments, se désagrégeait sous ses cris. Ils le transperçaient comme des flèches.

Sur ce point, il n'affabulait pas.

Tu avais affronté ces mêmes cris à chaque tentative d'aide. Inutile de proposer quelque service que ce soit. Et qu'il fallut bien imposer, pourtant, à la fin des fins : ceux de la femme de ménage – qui fut d'ailleurs finalement bien accueillie –, de la livraison des repas à domicile ou des infirmières, à qui il arriva plus d'une fois de rester devant une porte close et furieusement loquace, une silhouette déterminée hurlant son refus derrière la vitre dépolie.

Baucis, dont l'allure générale changeait peu, avait sa logique : elle affirmait tout faire par ses propres moyens. Aller chaque jour à pied acheter son pain à la boulangerie (et, si le besoin s'en faisait sentir, expliquait-elle, s'y rendre tout aussi bien à bicyclette). Recoudre ses rideaux, étendre son linge, faire le ménage. Ce discours hallucinatoire avait trouvé de nouvelles assises à partir du moment où, toutes ces aides à domicile faisant bon an mal an leur office, de fait, les voilages étaient reprisés, le parquet frotté, le carrelage lavé. Un semblant d'ordre (toujours mis en péril) régnait dans ton ancienne chambre transformée en bureau, réel puis fantôme, lui-même finalement converti en lingerie imaginaire.

Une lingerie imaginaire n'est pas un lieu dénué d'intérêt. On y trouve, par strates, les vestiges de passés plus ou moins lointains, des textiles improbables – par leur état d'usure avancée, pour certains ; par le degré d'électrisation de leurs couleurs ou l'étrangeté de leur coupe, pour d'autres –, manches et cols de chemise d'un autre temps et pourtant conservés avec dévotion. Comme dans cette mémoire abîmée, les souvenirs les plus lointains étaient préservés, entretenus avec une extrême méticulosité pour certains, et l'effilochade des autres témoignait de l'attachement indéfectible qui leur était porté et partant, d'une permanence qui réduirait à néant tout obstacle. On comprenait que les époques puissent s'intervertir et que le passé le plus éloigné puisse imposer la marque d'une irréfragable permanence. Dans une lingerie imaginaire, on trouve aussi parfois de vrais rebuts sans forme mais que l'on entretient comme par fétichisme au fil des ans, des vêtements de toutes saisons « à repasser », des concrétions chamarrées – dont certaines s'avéreraient fort utiles une fois rendues à leur forme originelle –, et tout un ensemble d'outils et d'objets hétéroclites dont il est inutile de se demander ce qu'ils font là – n'étant pas tous destinés aux travaux de couture ou d'entretien. Et puis, comme la lingerie imaginaire s'apparente à une sorte de caverne d'Ali-Baba, on y débusque de petits cartons soigneusement scellés, qui sont comme autant de promesses de présents de Noël : serre-serviettes en métal, couverts en abondance, verres à orangeade, réveils au mécanisme trop frêle, coquetiers trop étroits, et moult tasses à café souriantes sur leurs soucoupes multicolores.

Baucis donc, faisait feu de tout bois avec une célérité étonnante : regarde ! elle a fait sa vaisselle parce que le lave-vaisselle ne marche pas très bien. Elle balaie tous les jours et change ses torchons, enfin, tout de même ! Tiens, elle a même fait ses vitres. La phrase qu'elle prononce le plus fréquemment à cette époque, avec une fierté non dissimulée : C'est moi qui l'ai fait. Ce mode de pensée, qu'il eût été cruel de critiquer, voire de remettre en question, te disais-tu, avait pourtant ses limites. Car en contrepartie, Philémon était accusé bien à tort de manquer de vigueur et de volonté : elle savait très bien, assénait-elle avec autorité, qu'il était capable de sortir, de conduire – et même, hein, de l'emmener en voyage, s'il le voulait, et de faire le tour de l'Europe. Elle était prête. Elle attendait. Alors elle ne l'aidait pas – refusait de lui approcher des objets qu'il ferait bien de faire l'effort d'aller chercher lui-même. C'était un homme valeureux et fort, elle le savait : autrefois, il portait des gazinières sur son dos.

Sur leur vie pesait le tragique horrible de l'absurde : s'il arrivait qu'elle abdique et admette une fatigue passagère de son époux, Baucis partait, alerte et pétrie de bonne volonté, en quête d'un portefeuille ou d'une bouteille de bière, faisait quelques pas puis s'arrêtait, tourmentée, au moment précis où elle actionnait la poignée de la porte. Elle allait rarement plus loin. Sa vie était réduite à l'état d'hypothèse, ses faits et gestes n'étaient plus qu'une kyrielle de suspens, d'essais avortés puis relancés, pour mieux avorter encore et encore. Et, sans même poser de question, elle retournait s'asseoir, les mains vides.

Sous ces injonctions ou suppliques permanentes, le plus inquiétant, les jours où Philémon voyait se recomposer un paysage acceptable sous ses yeux, était son envie de reprendre la voiture, qui jusqu'alors n'avait subi que de légers outrages – en même temps d'ailleurs que l'éclairage du jardin, incidemment converti en œuvre futuriste. Tout lien de cause à effet entre cette métamorphose et celle du pare-chocs amputé de son extrémité était jugé incongru, bien sûr. Une nouvelle formule, assertée sur un ton docte, avait marqué cette période : C'est une vue de l'esprit.

Ceci se passe avant. Avant les chutes.

Le corps de Philémon, adhérant à la coque bleue et frangée de son fauteuil, n'est plus idoine à la conduite, et l'ergonomie des voitures plus adéquate à sa nouvelle conformation. L'emboîtement se réalise avec lenteur, dans la souffrance et dans la peur (un sentiment jugé inavouable). Pourtant Baucis, à force d'insistance et de cris de révolte, a obtenu qu'il acquière une nouvelle voiture. Tu voudrais qu'on t'aide, que la Loi soit de ton côté, que Philémon soit soumis à un examen probatoire qui atteste de ses capacités et évalue ses réflexes. Mais il n'existe rien de tel. Et quoi faire qui n'ait l'air ni d'un abandon, ni d'un complet désaveu ? Vous les avez donc accompagnés chez le concessionnaire – où ils ne pouvaient se rendre par eux-mêmes ; ce seul état de fait eût dû suffire à rendre caduque toute tractation. Mais Philémon décréta que ce serait toi, Cécile, qui les conduirait, dans ce nouveau véhicule choisi pour ses sièges hauts et ses poignées intérieures offrant de quoi s'agripper à la portière, à leurs différents rendez-vous. Seule la responsable de l'assurance a osé un regard effaré. De retour chez lui, Philémon compulse le catalogue avec satisfaction et apprécie le modèle qu'il a choisi.

Coupable. Tu es coupable de l'aider à se hisser à la hauteur du pauvre rêve de Baucis. Coupable aussi de prolonger le mirage – ton mirage de père et ton mirage d'être encore une fille.

Tu seras obligée de prendre les clés pour éviter toute échappée intempestive, Baucis toutes voiles dehors, ravie d'être emportée par son cavalier magnifique et son cortège d'hallucinations.

Vos rencontres à l'hôpital sont autant de moments de répit. Il y a de la douceur à recevoir des confidences, à profiter en paix des derniers moments de vraie conscience du père. Tu t'en nourris jalousement. Et l'idée terriblement intimidante de prendre le relais, sans que rien soit dit. Tu détiens les clés de la situation ; tu en fais le tour et la soupèses. Ce poids t'asphyxie : Philémon et Baucis sont ligués contre le monde et inséparables, chacun imposant à l'autre les arcanes de sa folie. Le radeau tient bon sur la haute mer mais il n'a plus de capitaine et, si les choses vont leur train, la chute sera vertigineuse.

Tu tâtes le temps qu'il fait au sortir de l'ascenseur et du grand couloir, évalues la tessiture des bruits : ambulances, moteurs automobiles redémarrant au carrefour, martèlement de tes talons sur l'asphalte masqué de feuilles quand des malades sortent pour fumer, suspendus à leur pied à perfusion. C'est encore une séquence de cinéma. Tu devrais faire halte pour fumer, toi aussi ; laisser vaguer ton regard sur ce grand cirque calme et tragique qu'est la cour de l'hôpital, à l'opposé du secteur de gériatrie. Mais tu te hâtes. Les autres n'ont pas de compagne fantomale. *Elle* était là ce jour encore. Elle est toujours là et tu la côtoies. C'est à *eux* que tu rends visite et leurs relations se corsent parfois. Elle a sa raison d'être, très certainement, mais elle ne le protège pas toujours comme elle le devrait. Tu commences à lui en vouloir.

Ce jour, on t'a avertie que Philémon était attaché à son lit, pour l'empêcher de planer et de tomber. Il lui arrive d'être agressif et ordurier, mais c'est parce qu'il se défend. Il n'est pas homme à se laisser faire. Seule la fureur de Baucis l'impressionne. Douce fureur, qu'il faudrait parvenir à désamorcer. Mais vous ne savez ni l'un ni l'autre que vous ne pourrez pas y arriver seuls, qu'on ne sauve ceux qu'on aime qu'au risque de sa vie et que peu d'entre nous résistent jusqu'au bout à ce genre de sacrifice. Il t'affirme qu'on le bat. *Ils le battent.* Tu ne sais pas encore alors quel enfant battu fut ton père. Et quelle terreur remonte maintenant qu'il n'a plus prise. Toutes ses peurs refluent pendant ces journées d'hôpital, celles du jeune combattant sous la Jeep en terre solaire, celles aussi de l'enfant enfermé dans un placard. Les plus lointaines de ces peurs sont les plus tenaces car il ne les a jamais dites. Seule la déconnexion des synapses a mis le secret à nu.

Pendant ce temps tu continues de visiter Baucis, qui ce jour-là t'ouvre la porte en soubrette délurée. Elle affiche un grand sourire, et puis explique que non, elle n'a pas dormi. Et cette fatigue. Tu n'as guère d'indices pour savoir ce qu'il en est. Elle ne sait pas l'heure qu'il est, ignore où la lire, et le babil des pendules ne lui parle plus. A-t-elle encore conscience des objets ? Elle semble ne plus distinguer la nuit du jour, perpétuellement accrochée à son canapé bleu. Les aiguilles lui sont de peu : celles de la boussole de Philémon posée sur un coin du buffet sont inaptes à structurer l'espace imaginaire dans lequel elle se meut. Celui, plus complexe, de l'appartement est mentalement prédécoupé. On s'y déplace selon deux lignes : du canapé à la cuisine, près de la porte d'entrée, qui s'impose à l'attention car le jour s'y étale généreusement ; du canapé aux toilettes, qui jouxtent la salle de bain et sa baignoire providentielle. Hormis ces deux axes, tu comprends que les incursions dans les pièces annexes relèvent d'un hasard souvent source d'émerveillement : le salon vert, les chambres, redécouverts, sont perçus comme des lieux familiers et réconfortants dont Baucis, alors diserte, aime à te raconter ce qu'elle y a installé ou rénové. Les meubles et les bibelots y refondent leur généalogie. C'est elle le maître d'œuvre, la fée du logis, une nouvelle Mary Poppins.

Les aiguilles des réveils et des pendules, quant à elles, malgré leurs conversations croisées, échouent à donner quelque idée que ce soit du temps qui s'écoule car les chiffres ne signalent pas assez clairement la rotation de la Terre, et ils en sont par là même discrédités.

Baucis, donc, ouvre sa porte de bonne grâce car elle a entendu ta voix. Cela, du moins, reste pour elle un repère tangible. Elle porte un joli tablier de cuisine et ses cheveux sont en désordre. Elle est chaussée de mules trouées que tu n'as pu la convaincre de changer pour des pantoufles neuves – dont tu as découvert cinq paires aux coloris délicieux, soigneusement enveloppées dans du papier de soie, dans des boîtes empilées dans la penderie de l'entrée. Son petit pull coquille d'œuf est sale. Lorsqu'elle se retourne, tu constates que sous le nœud du tablier, elle porte pour tout vêtement une petite culotte en dentelle. Elle trottine, comme si de rien n'était.

Tu parviendras, ce jour, à dérober les pantoufles pour leur en substituer des neuves, glissées mine de rien à ses petits pieds ravis. Et pourtant, la tragédie couve. Elle a failli éclater une première fois quand, sur le départ, tu as fait mine d'emporter les chaussons usés qui, à ses dires exaspérés, avaient vocation à rejoindre le musée des reliques dans la lingerie fantôme ou quelque autre recoin mystérieux et protecteur. Tu apprends la ruse, pratiques la cleptomanie domestique afin de renouveler tant bien que mal ce qui doit l'être.

De Baucis, la belle élégance s'est convertie en un attachement viscéral pour des vêtures simples, de préférence usées – car elle s'imagine ne rien posséder, quand les armoires sont pleines. Ces oripeaux – gilet trop grand, jupe à l'ourlet défait où les taches s'accumulent – forment tampon. On ne s'en défait plus. C'est impossible, sauf à subir quelque chose comme le supplice de l'écorché. Ainsi dépouillé de son étoupe, séparé de son cocon ou de son double épiderme, on échoue à palabrer avec le monde. Ces nippes font continuité, de tissu à tissu, sans perte de chaleur ou de moiteur. Elles font citadelle pour le corps qui ne craint plus de se déplacer dans l'espace dès lors qu'il s'enrobe de son double protecteur. Tu te souviens que tu pensais au concept de *proxémie*, qui détermine la façon dont un individu occupe l'espace social et qui interroge le périmètre de sécurité qu'il estime nécessaire pour le séparer des autres dans diverses situations de communication. C'était maintenant cette protection douteuse qui assurait l'intimité de Baucis. Sur ce point, les codes de civilité s'étaient fait la malle : seule la double peau assurait son équilibre et préservait son intégrité ; substituer un vêtement propre à un autre, que l'on a porté chaque jour, revenait à déconstruire ce *temenos* portatif. Et comprendre cela ne résolvait en rien le problème. Dans le complexe appareil sensitif qui la reliait à l'extérieur, quelque chose s'était brisé.

Ne restait donc plus que cette carapace délicieusement malodorante et polyfonctionnelle : un jardin en friche autour d'une maison désertée et dont tu peinais à percevoir l'attrait.

Nouveau plan séquence. Le mélo à la Almodóvar. La mère s'accroche à ses hardes. C'est une façon de femme ivre qu'on voudrait laver de ses vomissures. Les supplications n'y ont rien fait. Et l'aide patiente et stratégique pas davantage. Alors on filme : tout s'accélère, les gestes se font brutaux et le soin devient combat.

Tu aurais pu trouver, Cécile, dis, des ouvrages sur les thérapies douces. Tu aurais mis de la musique ou joué du piano – s'il y avait eu un piano et si tu avais su en jouer comme tu l'avais rêvé dans une autre vie – et Baucis naturellement se serait allongée sur son canapé en velours bleu et tu lui aurais caressé le front, qu'elle a bombé, et tes doigts auraient effleuré ses cils et ses paupières closes d'oiseau blessé. Tu aurais massé ses bras et ses mains avec des huiles aux vertus décontractantes et dans un quasi-somnambulisme, elle t'aurait laissé défaire délicatement ses vêtements parce que ses membres sont fragiles comme pattes d'oiseau et eût été reconnaissante de cet effeuillage plein de pudeur dicté par l'amour filial. Oui, Cécile, elle se fût abandonnée en cette reddition douce de la mère à son enfant quand le temps a tourné et que l'on sait comment déjouer les forces de la folie. Et le petit pull coquille d'œuf et la jupe à l'ourlet défait seraient tombés mollement sur le parquet. Tu l'aurais parée de vêtements neufs et propres. Elle se serait assoupie dans le frais et la lumière du jour serait venue réchauffer les couleurs de son chemisier de femme soudain encore jeune. Mais non, le réalisateur en avait décidé autrement.

Dans l'entrée, frappées par la lumière crue du jour montant, Baucis tout en bleu ferait face à

Cécile vêtue de rouge. Cécile tenterait de redonner forme à Baucis qui crierait jusqu'à faire éclater l'échelle chromatique. Les couleurs pourraient varier en fonction des ombres et des mouvements. Ce ne serait pas une scène statique. On se battrait presque. Cécile bien sûr, serait condamnée à échouer.

Bleu

Ce fut la période bleue. Pas le bleu chatoyant de Chagall. Mais le bleu glacier du salon effondré qui pourtant avait lui aussi rayonné autrefois avec son beau tissu reflétant les jeux du jour. Un salon qui avait bravement traversé le temps et longtemps fait bonne figure. Un salon méritant, honoré par l'achat de doubles rideaux de satin de même couleur. Doux à l'œil, le bleu se lustrait sous l'effet du soleil qui entrait à pleins flots. Il s'adoucissait au fil de la journée jusqu'à devenir presque argenté et prenait le soir des tons précieux pour peu que quelques bougies fussent allumées. Mais tous les bleus du monde sont voués à se faner.

Sauf le bleu du ciel, celui de la mer, le bleu de certains plumages et celui des pierres qui dorment sous la montagne. Or c'était un simple petit canapé bleu, avec ses deux petits fauteuils crapaud. Et les fées ne l'avaient pas gratifié d'un don d'éternité.

Ce fut la période, donc, où les coussins s'affaissèrent, marqués de creux encore hospitaliers, mais où le bleu finit par s'éteindre. Les mois où le velours râpé perdit tout éclat, où le tissu craqua, marquant de balafres les bras déformés et les angles boursouflés. Et cette perdition du bleu fut un coup de plus porté à la dérive lente qui emportait au loin les vies scellées de Philémon et Baucis, et comme le stade ultime de leur irrémissible métamorphose.

Le début de la fin (Partir)

C'est le début de la fin.

Philémon

Entre ses séjours successifs à l'hôpital, où il converse avec *elle* – ou plutôt échange avec *elle* des regards pleins de méfiance et de ressentiment –, Philémon retrouve son domicile où il peut tonner contre les intruses qui s'immiscent dans son intérieur et à qui il refuse systématiquement d'obéir.

L'histoire veut que dans les temps anciens, Philémon ait accueilli les dieux travestis en pauvres hères ; elle ne le montre pas être assailli par des hôtes intrusifs, ce qui ferait contresens. Pourtant l'hôte – celui que l'on accueille chez soi – menace à tout moment de devenir un intrus, voire un parasite, et de s'imposer à celui qui lui a donné l'hospitalité à seule fin d'usurper son pouvoir.

Philémon, ton père, donc, est soulagé d'avoir retrouvé son linge et il tolère dans cette seule mesure les va-et-vient de la femme de ménage avec qui Baucis semble maintenant de mèche contre toute attente. Mais il ne cédera pas aux infirmières qui l'invitent à se changer à six heures du soir et passera ses nuits, tout habillé, dans son fauteuil, les os rompus, avec auprès de lui ce foutu déambulateur à la couleur abjecte qu'on lui a imposé et qu'il n'est pas question d'utiliser pour se déplacer car il n'en a cure. D'où les chutes à répétition et l'invitation désormais endémique des pompiers – à qui il rêve souvent avec une infinie reconnaissance. C'est aussi, commences-tu à comprendre, pour ne pas déroger à son statut d'homme fort et valide devant Baucis, qui s'obstine à l'imaginer tel qu'en son souvenir de façon inaltérable.

Une stratégie a été mise en place pour empêcher tout accès intempestif aux médicaments. Baucis en effet ne mesure pas sa prodigalité et serait capable de renouveler les doses de façon fatale en toute innocence – de la même façon qu'elle a pu transformer en l'espace d'une semaine votre petit chien définitivement conquis à ses libéralités en baudruche soyeuse et reconnaissante, l'été précédent, à force de repas renouvelés sans discernement. Les sacs de la pharmacie sont donc dissimulés dans un coin secret que seules connaissent les soignantes. La maison déjà devenue passablement énigmatique se transforme en cache à trésors.

Passant donc désormais leurs nuits comme les deux naufragés qu'ils sont devenus dans la salle à manger, Philémon et Baucis ne sont pourtant pas logés à la même enseigne. Quand elle somnole recroquevillée sur son canapé aux concavités abruptes mais tempérées par quelques coussins à la difformité confondante, il travaille à son incrustation dans l'espace plus contraint de son habitacle. Son dos est cassé, ses jambes étendues tant bien que mal sur une chaise. Cela ne fait pas si longtemps que tu as découvert leur campement et compris la nécessité d'acquérir un fauteuil orthopédique qui substituerait à sa coquille en perdition un siège digne de ce nom, un siège de lecture – même s'il ne lit plus – et de télévision, même s'il ne la regarde plus vraiment, un siège où faire la sieste, convertible en couche accueillante le soir venu, quand on éteint la lumière et que l'on rabat son plaid sur ses genoux. Qui vous élève et vous allonge avec ménagement pour vous mettre en apesanteur, vous retient dans une uchronie provisoire, comme suspendu dans un hamac sur la varangue, hors du temps et de l'espace. Un fauteuil miraculeux qui accompagnerait et même préviendrait ses gestes. Un siège compatissant, en un mot, et qui détournerait son destin, lui évitant *in extremis* de se convertir en fossile.

Pendant ce laps de temps qu'il t'est malaisé de déterminer, tu as suivi avec chagrin et stupéfaction les disputes incompréhensibles de tes parents au sujet de l'acquisition de l'objet tant désiré par l'un mais jugé si malvenu par l'autre, pour d'obscures raisons d'esthétique, semblait-il, et, plus profondément, pour des questions d'ordre plus symbolique. Baucis, d'abord, a une haute opinion de son intérieur et de son indispensable harmonie, que ne déstabilisent pas ses coussins criards, pour elle fondus dans le paysage. Mais surtout, elle tient dur comme fer à l'idée que Philémon fait des manières et qu'il a trop tendance à s'écouter, depuis un certain temps. Elle fait de nécessité caprice et trouve déplacée cette envie de fauteuil de luxe. Ce n'est donc pas par ce chemin-là qu'il faut l'approcher. Sa géographie mentale s'est cristallisée autour d'un plateau très stable qui correspond au temps de leur jeunesse et, de même qu'elle est convaincue de ses propres exploits ménagers, culinaires, voire artistiques (tu auras bientôt l'occasion de t'en rendre compte), c'est en toute sincérité qu'elle déplore cette baisse d'énergie et de volonté chez un homme qu'elle a connu plus pugnace. Philémon obtempère : ses discours le fatiguent et comme son horloge interne à lui est bien réglée sur le présent, il entend prendre soin d'elle car tu sais, Cécile, elle n'est plus très jeune.

Philémon est amoureux de Baucis. Et c'est fatal.

Le fauteuil finira tout de même par arriver dans la salle à manger, livré par un vendeur spécialisé. Il a été choisi sur catalogue, avec toutes les options : c'est sa ligne, sa couleur crème assortie au papier peint et son superbe revêtement façon suédine qui ont eu raison de l'obstination de Baucis.

Un autre objet, apparemment mort celui-là, voisinait avec le fauteuil près de la baie vitrée. Rapporté blessé de la campagne, il attendait un sort meilleur et reposait dans le carton de récupération qui faisait office de cercueil provisoire.

C'était un coucou.

Un coucou pour la campagne, une fantaisie dont tu mesurais l'importance. Un mécanisme fragile qui faisait battre le cœur de Philémon. Un souvenir ? un rêve ? tu ne saurais jamais. Un bel objet qui faisait peine à voir depuis qu'il avait migré, rapatrié en quête de soins appropriés – tu ne savais trop depuis quand. Cela remontait en tout cas à l'époque de la liberté, des balades en voiture sur la nationale, au-delà des gorges de la Sioule chantante et tortueuse, comme la route, et le coucou soudain privé de voix. Il s'était tu ; il ne respirait plus, à l'image de l'extinction lente qui avait ralenti puis quasiment empêché les gestes, brisé le dos et atrophié les neurones de Superman. Il y avait saturation de kryptonite et perte d'énergie pour impulser le mouvement des poids de fonte. Ces poids inertes pesaient soudain bien trop lourd. L'oiseau était pétrifié et sans résurrection possible. Alors entre les départs pour les urgences, les visites – de plus en plus laborieuses – chez les spécialistes, le trafic des clés, les descentes au supermarché pour en rapporter des douceurs (chocolat et packs de bière, principalement), les allers-retours à l'hôpital quand cela était nécessaire, les entrevues avec les livreurs, les médecins, les services sociaux, la recherche des documents perdus, des médicaments cachés, des souvenirs envolés, des gestes oubliés, des planques insolites, des objets fantômes, tu avais été saisie de la mission à l'évidence capitale d'emporter le coucou paralysé chez un horloger spécialisé lui aussi, un vieux petit monsieur passionné sorti de son arrière-boutique comme le vieil antiquaire de Balzac. *Nous* avait fait le déplacement de bon cœur, toi portant la boîte avec l'impression de serrer dans tes bras le Saint Graal. Ce spécialiste-là, du moins, avait un diagnostic : nulle fatalité ne pesait sur les objets, qui ne s'endormaient pas comme frappés de malédiction. Non, les mystères sacrés du mécanisme avaient été profanés par une main oublieuse de ses savoirs, qui avait grossièrement remonté les rouages à l'envers. La blessure était grave. L'opération inévitable. Le prix exorbitant. Les dés étaient jetés et l'on s'enfonçait en absurdie. Autant accepter les règles et faire contre mauvaise fortune bon cœur.

Avec la pleine conscience que plus jamais le coucou ne rythmerait les jours heureux de Philémon à la campagne, vous aviez confié l'objet au chirurgien hors pair qui lui insufflerait une vie nouvelle. La réparation du coucou, donc, avait coûté autant que le coucou lui-même, dont la délicate respiration ne serait pas réamorcée avant longtemps car elle n'avait de raison d'être que dans son lieu d'origine, un lieu désormais devenu quasiment inaccessible.

Philémon du moins, jouissait désormais de son fauteuil auprès de son coucou pleinement rétabli. Et son énergie naturellement décroissait.

Les jours se succédaient et Philémon tombait. Les nuits se succédaient et Philémon tombait. Les jours se succédaient et Baucis s'énervait. Elle assénait ses vérités. Sa certitude et sa volonté prenaient des proportions considérables. Ses désirs, ses convictions, l'appréhension qu'elle avait d'elle-même, étaient inébranlables et impossibles à endiguer. La nourriture se périmait. Tu sentais leurs os sous l'étoffe. Des corps d'oiseau et une obstination à tout rompre, proche de la sauvagerie.

On discute, avec Baucis, disait Philémon d'un air quasi pontifiant, marquant un silence systématique après le verbe. Ils prenaient *leurs* décisions. Il y avait des tempêtes. La chaumière était moins paisible, comme déréglée. Personne ne pouvait plus contrôler ce dérèglement. *Nous* griffonnait de nouvelles affichettes, remplaçait les choses devenues résistantes, voire hostiles, par d'autres plus simples, plus visibles, pleines de rondeur. *Nous* diligentait des aides et se démenait en vain. Cécile était happée par ce dérèglement. Philémon sentait le danger, n'était plus de force à le contrôler. L'autre jour, tu sais, elle a bien failli mettre le feu.

Parce que de toute évidence la situation dérapait et que personne ne semblait pouvoir y remédier malgré le réseau d'aides mis en place, Philémon renouait avec son idée première, cette idée de l'année précédente, exposée au soleil sur le balcon et dont tu comprenais seulement maintenant la raison profonde et l'infinie sagesse. Tu en réalisais l'urgence, qui avait été formulée de façon trop tardive et surtout trop énigmatique par ton père, osant cette confidence sans accepter encore d'en donner les clés, d'en exposer les tenants et les aboutissants, comme on devrait pouvoir le faire en pareil cas. Il y avait de la pudeur, un certain sens de l'honneur et un noble culte du secret dans cette part de rétention, qui était aussi une part d'ombre : *leur* part d'ombre et la tienne. La difficulté était de convaincre Baucis, inflexible, qui se transformait tout aussitôt en magicienne irascible, de celles qui dans les films de Disney suscitent d'un seul lever de doigt – et moyennant des imprécations qu'elle ne manquait pas de proférer – des tornades dévastatrices.

Le médecin t'avait expliqué dans quelle impasse vous vous enfonciez, et que ce n'était pas à toi, Cécile, d'essayer de réguler des choses qui ne pouvaient pas l'être en prenant le risque de t'enliser à ton tour. Et que l'amour des enfants échoue parfois à sauver leurs parents. Et encore que ces ruptures neuronales ravagent jusqu'au paysage environnant. Tu sentais obscurément que la folie était contagieuse. À l'hôpital, l'assistante sociale t'avait tenu le même discours. L'évaluation de la situation ne laissait pas l'ombre d'un doute. Tu avais beau te débattre comme un insecte au milieu d'une bassine d'eau, il fallait un encadrement médicalisé permanent et tu étais incapable de l'assurer.

Les pourparlers avaient pourtant avancé, un établissement avait été choisi en fonction de sa localisation géographique. Cécile avait été mandatée pour prendre contact, se renseigner, faire les démarches. Elle avait échangé, questionné, parlementé. Il fallait pouvoir les accueillir ensemble et ne pas les séparer. On se préparait comme pour un déménagement ou même un départ en vacances.

Jusqu'au soir où Philémon avait eu des velléités de *paterfamilias*.

Et Cécile, appelée à la rescousse contre des assaillants imaginaires mais non moins redoutables lors de cette fameuse nuit d'août, Héroïne d'un soir, avait été invitée sur un ton non dénué de condescendance à écouter un Philémon revigoré, qui lui avait annoncé d'une voix ferme : « Nous avons pris une décision. Nous allons nous installer à la campagne ! » Un cataclysme ne lui aurait pas fait plus d'effet. Tous ses efforts ruinés, toutes ces heures de discussion où il avait fallu pas à pas reprendre et étayer chaque argument, faire preuve d'une pédagogie sophistiquée, et où les esprits semblaient s'être enfin ouverts à une logique peut-être après tout toujours sauve, soudain réduits à néant par la plus invraisemblable des idées ! C'était un rêve fou de robinsonnade et d'autonomie glorieuse, une embardée désespérée sans doute. Et une gifle magistrale. Tu n'avais pas pu être sensible à la beauté déchirante du geste. Ce coup de théâtre t'avait fracassée.

Plan séquence numéro combien, déjà ? Cécile claque la porte et dévale les escaliers. Une voix désolée la rappelle ; au loin, des silhouettes désarticulées s'agitent et frappent à la vitre. Fi des voisins, c'est le grand chambardement au 666. Des gouttes de sueur couleraient le long de ses tempes ; elle déglutirait mal ; le gravier giclerait violemment sous ses pas. Course à l'état furieux. Cheveux qui claquent les joues. Le soleil est au fond du puits.

Tu es entrée en trombe chez toi, à bout de souffle. Et tu t'es jetée au sol, que tu as labouré en hurlant comme une folle.

Deux jours plus tard, à dix heures du matin, le voisin, au téléphone, t'appelle à la rescousse. Philémon a glissé sous son lit, sa tête est coincée. Sous le sommier, il entrevoit les chenillettes terrifiantes d'une pelleteuse en action. Le sauvetage effectué, tu le laisserais bien pour cette fois se débrouiller et reprendre ses esprits, s'il le peut, sur le bord de son lit. Puisqu'il est indemne, qu'il assume son autonomie – qui lui permettra de préparer son escapade à la campagne. Pour la première fois, Cécile, tu es furieuse. Tu voudrais pouvoir résister et ne pas retourner dans l'œil du cyclone, ne plus être l'écureuil piégé dans sa roue : rouge, orange ; rouge, orange. Le voisin, ignorant du contexte récent, insiste. Peut-être te croit-il cruelle ou indifférente ; ou encore inconsciente. Ne te rendrais-tu pas compte de l'état mental de ton père ?

Tu retourneras dans la roue. Quitte à ce que ta tête tourne à l'envers. En plongeant dans ses dialogues à dormir debout mais dont tu trouves pourtant toujours un fil à tirer, qui te fait entrevoir des obsessions cachées ou des fantômes tenaces, des craintes jamais avouées et qui percent, percent la carapace. Et de cela, en un sens, tu lui sais gré. Tu remontes à contre-courant jusqu'à son enfance, qui bruisse de secrets.

Ce fut la dernière intervention des pompiers. Des amis, quasi. Des familiers. Partout à leur place malgré leur tenue d'uniforme : dans le salon (le bleu jurait avec le rouge ; les bottes ignoraient les patins), dans la chambre (comme importés sur la moquette), et jusque dans le petit coin (en vigiles incongrus).

Ils ne revinrent jamais par la suite car Philémon (qui en était d'accord) ne revint jamais lui non plus dans sa maison. Bien sûr, Baucis le suivit.

À la sortie de ce qui fut aussi son dernier séjour à l'hôpital, il fut installé dans une ambulance qui prit le chemin inverse de celui de son domicile. Il le savait et en avait accepté l'idée : d'ailleurs, c'était la sienne – et que de souffrances et de lente dégradation eussent pu être évitées si son appel à l'aide avait été plus ferme et plus explicite. Tu ne l'accompagnas pas : il te fallait conduire Baucis par un chemin parallèle.

Triste mais résignée, consolée par la certitude qu'elle allait bientôt revenir et que ce à quoi elle consentait était un généreux sacrifice, elle avait lâché prise en redécouvrant avec un émerveillement profond le contenu de ses armoires.

Faire une valise pour partir en vacances est toujours un casse-tête. On a beau faire des listes, les variations du temps et des lieux viennent y mettre du désordre. Là, c'était comme une hyper-valise imaginaire : un condensé de vie pour toutes saisons. Il avait fallu consacrer de longs moments à cette sélection de vêtements, qui tenait de la démarche initiatique : parce qu'elle impliquait une remontée dans le temps et préparait une rupture avec l'espace d'origine, une déflagration du foyer qui ne devait pourtant rien détruire, seulement tuer pour mieux reconstruire. Il y aurait le passage obligé de l'entrée dans le domaine de la mort, une traversée des ombres qui permettrait, il fallait y croire, un retour mieux assuré vers la lumière. Il faudrait côtoyer l'enfer avant de renaître. C'était le pari. La première étape était bien engagée. Elle s'était déroulée avec une facilité inespérée. Vous aviez pris le temps d'inspecter ensemble l'armoire, cette caverne aux trésors.

Tout y était parfaitement classé, les étoffes et les couleurs superposées faisaient plaisir à voir. Baucis effleurait avec une grande délicatesse les chemisiers de satin en redécouvrant leur palette : des mauves profonds, des vert d'eau, des bleutés, des ocre ou caramel, quelques-uns d'un rouge cerise particulièrement savoureux, quelques autres en voile couleur fumée et de plus téméraires qui réfractaient les nymphéas de la Vivonne en fleurs. Et le noir avec ses fines arabesques bouton-d'or. Ses petits doigts glissaient amoureusement sur les tissus pour en éprouver la souplesse ou en soupeser le tomber. Elle s'exclamait devant la déclinaison impressionnante des jupes crayons taillées dans des lainages chatoyants, parfois agrémentées de plis en éventail qui jouaient autour du genou, parfois fendues et formant comme des ailes de tourterelle, ou repliées en portefeuille pétale contre pétale. Les cintres plats serrés en cohorte offraient un nuancier qui la faisait s'exclamer de plaisir. Elle avait oublié jusqu'à l'existence de ces parures soigneusement conservées à travers les années pour un corps qui ne changeait guère, collections enrichies au fil du temps et rehaussées de pièces plus précieuses, offertes pour un Noël ou un anniversaire. Les vestes droites ou cintrées mais presque toujours courtes – parce que Baucis était petite – formaient des ensembles adorables :

ces tailleurs qu'elle faisait confectionner par une couturière près de la cathédrale quand tu étais enfant, et bien d'autres qui avaient suivi. Tous précieusement assemblés, sans aucune usure, comme dans la cassette où sont serrées les trois robes éclatantes de Peau d'Âne qui la suivent dans sa course. Et il y avait de la magie en effet dans cette conservation miraculeuse où rien ne semblait avoir vieilli. Vous aviez choisi ensemble ses vêtements préférés, mis de côté les plus élégants (trop fragiles ou trop remarquables), pensé à la douceur des gilets et des pantoufles, aux écharpes, à quelques manteaux et aux nombreux vêtements de nuit dont tu te rendais compte du nombre mirobolant – et qu'ils n'avaient jamais servi. Baucis oubliait ce qu'elle avait acheté et rangé, depuis des années. Elle vivait sur une impression tenace de dénuement. Un dénuement dont tu découvrais qu'il était purement imaginaire.

Rouge

C'était comme une grosse tache de peinture rouge. Un rouge qui criait, concentré dans le tourment des sirènes.

C'était le rouge de la colère et des égosillements écarlates. Des plaies en plein ciel. Avec autant de points de suture qui seraient à reprendre au fil du temps blessé.

Un rouge révolté qui claquait comme un grand drap.

Colère de n'avoir pas su et d'avoir été tenue à l'écart de ce lourd secret qui les charriait comme un seul corps tout au fond du puits. Colère contre cette obstination pourtant noble à vouloir tout contrôler jusqu'au bout du bout. À faire comme si. À troquer les rôles, jouant Jupiter ou Mercure quand le couple de vieilles gens qu'ils formaient s'enfonçait dans les ombres à tel point qu'il était désormais difficile de savoir lequel des deux entraînait l'autre. Colère folle d'avoir cru, par amour, et par amour de l'amour, à *la lettre* de la fable. Le conteur se trompe lorsqu'il proclame : « Ils ne parlent pas pour rien, ils ne cherchent pas à me tromper, les vieillards qui racontent l'histoire. » Fausses palabres et comédie tragique que tout cela ! Un rouge saturé jusqu'à l'explosion.

Au jardin des Oliviers, le Christ dans sa prière exsude une sueur de sang de n'être pas entendu. Angoisse et tristesse. Agonie de l'âme.

Rouge comme les yeux des enfants qui ont trop pleuré.

La force des choses (Vider)

Je ne tiens qu'aux choses qui me viennent des êtres que j'ai aimés et qui ne sont plus. Alors, j'en suis avare quelque peu de valeur qu'elles aient.

George Sand, *Histoire de ma vie*

L'arrivée à la résidence, dans la coquette ville thermale où Maupassant rédigea *Mont-Oriol* au Splendid Hôtel, te laissait pensive. Toi, Cécile, le cœur verrouillé tout au long du trajet, tu ne te rappelais que vaguement l'intrigue de ce roman écrit en 1886 et Baucis, dont les pensées vaguaient à côté de toi car elle avait oublié à quoi pouvait bien rimer cette tranquille excursion, n'en avait jamais eu la moindre idée. Tu croyais te souvenir qu'il y est question de la découverte d'une source après l'explosion d'un morne – ces roches volcaniques qu'on trouve dans la région. Cette idée t'accompagnait : l'image d'une roche que l'on force et qui laisse fuser l'eau chaude d'une source neuve et revitalisante. Comme une promesse. Sans te le formuler vraiment, tu espérais qu'il en serait ainsi et qu'une source de vie nouvelle pourrait sourdre de l'horizon fermé grâce à un nouvel environnement, loin de ce quotidien devenu impraticable. L'endroit était riant, le bâtiment ménageait de grands espaces et une franche clarté s'y diffusait.

C'était sans compter l'impression étrange et forte à découvrir un autre monde, une fois le seuil franchi. Côté rue, une terrasse ombragée avec bacs de fleurs et tables en bois, où l'on devisait tranquillement avec les visiteurs. On se serait cru en villégiature ; l'air portait comme un souvenir de guinguettes surannées. À l'intérieur, un monde animé, avec un téléviseur à écran plat et des groupes de jeu ou de discussion – tu avais visité, tu connaissais les autres pièces, la salle à manger, et c'était jour de confection de crêpes avec une bonne odeur de fête qui flottait dans l'air. Mais que de corps rivés à leur fauteuil roulant… On t'avait avertie : cela va peut-être vous frapper, c'est impressionnant mais on s'habitue. À quoi s'habituer ? Rimbaud en aurait eu les sangs tournés : ses assis du moins, s'ils ont *greffé leur fantasque ossature aux grands squelettes de leurs chaises*, peuvent toujours se lever, surgir et faire frémir. Ils ont cette force d'effrayer, qui est une forme d'énergie déréglée. Dans un établissement d'hébergement pour personnes âgées dépendantes, on imagine l'effet que feraient ces corps crispés tanguant dans les couloirs, perpétuellement au bord du désastre.

On perçoit la nécessité de contenir le déferlement et d'imposer la rectitude et l'équilibre. De dompter les énergies désordonnées. Certes.

Baucis très alerte, quant à elle, ne fit aucune remarque mais dut se croire en visite dans un lieu vaguement traumatisant dont elle oublia heureusement l'existence juste après l'avoir traversé. Elle retrouva Philémon arrivé à bon port dans la chambre double qui leur avait été allouée, esthétique et confortable : toute semblable à une jolie chambre d'hôtel où ils pourraient penser faire un séjour de repos.

On prétend qu'il faut compter une quinzaine de jours pour que se fasse l'acclimatation. Et qu'il vaut mieux éviter tout contact pendant cette période. La méthode est donc celle du sevrage : sevrage de son chez-soi – même si meubles et bibelots personnels peuvent et doivent de préférence personnaliser les chambres, à la façon de ces objets transitionnels qui font pour les enfants le lien avec la présence maternelle à laquelle ils se substituent. Des vases, des tableaux, un réveil, un couvre-lit, un fauteuil, calmeraient l'angoisse de l'arrachement.

Tu avais donc joué le jeu du sevrage avec une froideur apparente, tant tu ressentais l'urgence de vous sauver. Tu t'étais efforcée d'adopter une attitude détachée et sereine, tout à fait étrangère à ton tempérament. Avant cela, l'accueil de deux jeunes aides-soignantes tout sourire avait un tant soit peu tempéré la glaciation qui s'emparait avec méthode de tes organes, des moins nobles – les tripes, révolutionnées – au plus précieux : ton cœur, qui tendait à un degré ultime de contracture. Elles s'étaient excusées et avaient ri. Dans l'ordre, elles avaient ri puis s'étaient excusées. Elles s'étaient excusées d'avoir ri.

Car elles avaient ri de les voir. C'est qu'on aurait cru à une imposture : ces deux-là, avec leur âge tatoué sur leur carte d'identité et leur fiche d'assuré social, n'avaient pas une allure de vieillards. Ils étaient beaux. On aurait dit des acteurs de cinéma enrôlés pour venir tourner des séquences. Grimés. Vous voyez, avec des rides et des cheveux blancs qu'on leur aurait ajoutés. Le cinéma, décidément…

Philémon et Baucis, promus au rang de vedettes hollywoodiennes, avaient été installés dans le bâtiment A, celui à l'odeur de crêpes, suite au questionnaire qui t'avait été soumis et auquel tu avais répondu avec la plus grande conviction.

Le bâtiment des presque valides. Des pacifiques. Et des gens raisonnables.

C'était quel jour, déjà ? Le téléphone avait sonné. Le médecin coordinateur de l'établissement, en lien avec le service hospitalier de gériatrie de la ville de R***, celui-là même qui t'avait reçue lors de ta première visite, un grand homme chenu à l'air grave et un tantinet ironique, t'avait informée de façon semi-cryptique et secrètement triomphante de l'évasion de tes parents. Ils étaient « partis en promenade ». Étrange formule, mi-figue mi-raisin, pour te faire remarquer sans le dire à quel point tu t'étais fourvoyée. Tu n'avais d'ailleurs pas bien su d'abord que comprendre. Mais en fait c'était bien ça : ils avaient tenté la grande évasion, en amoureux. Tout s'était manifestement déroulé avec une simplicité déconcertante. Il est vrai que l'établissement n'avait rien d'une prison, que le bâtiment A – celui des gens raisonnables – était le plus ouvert et que l'on y circulait avec aisance. Baucis se déplaçait pourvu qu'on la guidât et les éclipses mentales de Philémon lui laissaient encore des phases de répit, pendant lesquelles sa pensée bien rodée et son intuition de chasseur à l'affût s'activaient, pourvu qu'il ne tombât pas. Et puis, avec leur air de couple hollywoodien et leur arrivée récente, ils avaient leur chance de passer pour des visiteurs malgré leur infinie lenteur et bien que le corps cassé de Philémon ait définitivement déplacé son centre de gravité.

On ne t'avait rien dit. Tu n'avais rien demandé (tu entrais dans une période de mutisme atterré). Restaient les conjectures. Par un heureux coup du hasard, ayant pris l'ascenseur, ils auraient naturellement emboîté le pas d'un visiteur – un vrai – sortant légitimement de l'établissement. Ou bien tenu la porte à tel autre, tout aussi légitime, qui y entrait. Ils n'auraient pas eu l'idée de frauder. L'envie leur serait simplement venue de voyager. C'était l'automne et il faisait beau. Ils seraient partis sans rien – sans papiers et probablement sans argent. Mais Baucis aurait pris son sac à main, qu'elle s'imaginait garni alors que s'y battaient désormais mille brimborions qui le gonflaient inutilement. Avaient-ils eu la velléité de disparaître et de faire la nique à l'institution dans un ultime sursaut de révolte ? Ou l'air presque printanier les avait-il enrobés de ses relents tentateurs ? Y avait-il eu préméditation ? Accusés, levez-vous si cela vous est encore possible ! Répondez de vos actes de dissidence ! N'accusez pas ce printemps factice, comme est factice votre liberté et comme l'est aussi votre jeunesse. Ne faites pas semblant d'avoir oublié. Que vous ne savez plus où vous êtes. Ni pourquoi. Que vous n'êtes plus en possession de vos facultés mentales que par intermittence. Que vous avez perdu votre autonomie et que vous devez vous rendre, mains sur la tête, parce que votre esprit prend la tangente, que les pavés tournoient, et que le sol qui a plus d'un tour dans son sac prend des allures de nacelle endiablée.

Tu n'avais pas su jusqu'où ils étaient allés. Qui les avait pistés, puis avait procédé à l'arrestation. L'excursion s'était peut-être arrêtée à l'angle tout proche de la rue car comment imaginer qu'ils soient même parvenus à traverser la route ? Ils cherchaient la gare. Ils te l'ont dit, après. Ils désiraient aller à la campagne.

Dans la coquette ville thermale où Maupassant rédigea *Mont-Oriol*, il y a en effet une très jolie gare, avec une belle toiture en pavillon et une marquise métallique qui remonte au début du siècle dernier, pas très loin de l'établissement. Cela fait cinquante ans que tout trafic y a cessé ; les rails en ont été déposés ; elle est désormais convertie en centre culturel. Maupassant, mort vingt ans avant son inauguration, ne l'a jamais connue. Ils n'ont pas pu se croiser, ce jour-là.

L'escapade n'est pas de mise dans un établissement d'hébergement pour personnes âgées dépendantes. *Dépendantes*, c'est officiel. Et de fait. On ne déroge pas ainsi à son état.

Le transfert dans le bâtiment B, celui dévolu aux gens déraisonnables, avait été sans appel. Le même que le A, sans les crêpes. Ou avec accès surveillé à la confection des crêpes, par déplacement dans l'ascenseur codé – un code d'une simplicité déconcertante mais amplement suffisant. Qui vous conduit à un rez-de-chaussée, toujours vaste et lumineux qui permet d'accéder à l'air libre, mais pas d'aller dans la rue, à moins de déceler le principe architectural, lui aussi fort simple, qui préside à la construction de l'édifice et serait susceptible de conduire vers la sortie.

Une citadelle pour villégiature sécurisée où la démence fait ses gammes.

Dans la chambre grand confort, bleue, à lumière traversante, et qui donne d'un côté sur le jardin intérieur, Baucis avait ouvert de grands yeux le temps du long récit de Philémon, quand il t'avait expliqué l'aventure. À partir de cette période, son esprit résolument pragmatique s'était teinté de romanesque. Ce n'était que le début. Exalté et les yeux brillants, développant un art de conter qui te semblait inédit chez lui, il décrivait l'escapade. Ils s'étaient envolés comme les amoureux de Chagall penchés au-dessus des villes, en allés dans l'espace sans plus souffrir de la pesanteur, transférés comme par magie dans le cirque étoilé de la gare. Le soleil rouge planté comme un point sur la tour Eiffel. Mais à ce point du récit les choses se gâtaient car, te racontait-il, ils n'avaient plus d'argent et personne ne leur était venu en aide. Ils avaient dû dormir sur place, à même le sol, sur des planches. Toute une nuit. Puis (naturellement) les pompiers étaient venus les chercher. Tel était, à peu de choses près, le récit fabuleux de l'évasion manquée de Philémon et Baucis par un beau jour d'automne. Baucis silencieuse, que l'absence de souvenir ouvrait à toute éventualité, en était réduite à un acquiescement stupéfait à l'idée d'avoir vécu toutes ces aventures.

Aucun doute n'était permis : tes parents avaient fugué.

L'établissement d'hébergement pour personnes âgées dépendantes n'était pas adapté aux moyens financiers de Philémon et Baucis. Seule la Fable s'offre le luxe de transformer la demeure des deux vieilles gens – dont ne subsiste que le toit après le déluge qui a ravagé la contrée – en temple : le chaume devient or, les portes sont ciselées, tandis que tout est dévastation aux alentours. Il avait donc fallu se résoudre à vendre la maison au plus vite.

Mais avant de vendre une maison, il faut la vider. Et pour la vider, il faut l'investir. La forcer. En débusquer les moindres secrets – ce qui offense la pudeur des uns et surtout de l'autre : toi, Cécile, devenue leur hôte/autre, et ta propre figure dédoublée, tout à la fois familière et intruse. Il y avait deux grands miroirs pour t'accompagner dans cette expérience qui faisait s'entrechoquer le passé et un présent nourri de ce passé qu'il était chargé d'expulser et de retenir dans un même mouvement contradictoire. Celui de la salle à manger recevait toute la lumière du jour. Tu t'y étais vue grandir en âge au fil des fêtes de famille, à la lueur chaude des lampes. Un grand miroir très pur, sans cadre, élégamment gravé sur les bords, qui surmontait le grand buffet bas et lustré. Le second, celui que l'on avait installé dans ton ancienne chambre, devenue bureau puis lingerie fantôme – et qui résistait quant à lui aux métamorphoses, ayant traversé le temps sans faillir –, était un lourd miroir de tailleur du siècle dernier pivotant sur son axe, avec son épais cadre de bois. De ces deux miroirs, aussi riches l'un que l'autre d'images invisibles, tu savais que tu ne te séparerais jamais.

L'enquête était décisive : elle consistait à décider du sort des choses. Les petites avant les grandes. Les objets d'usage et les objets de décoration, soit tout ce qui remplit les meubles, les penderies, les placards, les tiroirs, les pochettes et les boîtes. Ton plus grand chagrin avait été de découvrir à cette occasion tout un cimetière d'objets soigneusement préservés, entreposés dans leurs emballages d'origine comme autant de momies exquises. C'étaient tous les cadeaux offerts à Baucis depuis des années, pour les Noël ou les retours de voyage (ceux de Philémon ayant, eux, miraculeusement intégré le cours normal de la vie) ; des cadeaux qui auraient dû creuser leur ornière dans l'épaisseur des jours. Un peu comme ces cicatrices qu'on laisse sur le chambranle des portes pour garder trace de la croissance des enfants, aussi belle et inéluctable que celle des arbres.

Les retrouver intacts dans cette espèce de grand bureau des objets trouvés qu'étaient devenus les armoires ou autres espaces de rangement de la maison était tragique. Aucun de ces beaux objets n'avait vécu, pas plus le délicat sac à main – que *nous* avait mis très longtemps à choisir en croisant tous les paramètres censés en faire l'accessoire idéal – que l'écharpe en cachemire rose d'un prix déraisonnable dont tu avais pensé qu'elle se marierait bien avec la carnation chaude de Baucis et ses cheveux blancs. Elle avait définitivement élu le vieux sac scrofuleux qu'elle traînait partout avec elle – et qu'elle choisirait de traîner longtemps encore, comme on exhiberait une préférence impardonnable. Elle n'avait jamais sorti de son étui le bel éventail dont elle disait pourtant rêver pour se soulager des chaleurs fortes en août sur la terrasse, que tu avais acheté pour elle lors de ton retour du Brésil. C'était un objet précieux aux ailes immenses pour brasser les zéphyrs. Noir et turquoise, éclatant comme ce papillon exotique qui en avait peut-être inspiré la création et qui émet un craquement mystérieux pour faire fuir les importuns. Un éventail de nacre et de satin d'un bleu à faire pâlir les firmaments. Un objet qu'elle aurait manié avec négligence en regardant passer les vaches au fond du grand jardin. Il y avait encore des gants de peau doublés, très chauds, toujours attachés l'un à l'autre par un fil de soie doré, avec leur étiquette ; une planche à découper portugaise, bois et azulejos, veuve de toute trace de cochonnailles ; et tant d'autres objets encore, tous privés de leur existence, impossibles à caser – depuis des années – dans sa vie qui s'était repliée comme des feuilles de physalis qui auraient perdu leurs graines.

Dans ces cas-là, on ne pleure pas. On mesure l'étendue du désastre. On s'étonne de son aveuglement. On se cabre d'avoir été berné. C'était pitoyable : une course au trésor n'aurait pas été plus tristement fructueuse.

Comment procéder pour vider une maison quand le deuil est en trompe-l'œil – *trompe-deuil* – et que la maison est destinée à perdre son âme, puisque ses habitants ne seront jamais plus en mesure d'y retourner, qu'ils ont changé de résidence sans le choisir vraiment ni l'anticiper, laissant tout derrière eux comme lors d'un grand désastre ?

À l'époque où la vente s'était imposée, seul Philémon était encore capable de se projeter, d'approuver et de comprendre la nécessité d'une telle décision sans regret, et même de manifester une vive impatience et de suivre de près le détail des transactions. Il se faisait préciser les chiffres. Aurait aimé que tout fût réglé en l'espace d'une semaine, trouvait exaspérants la lenteur des visites, les tergiversations, les piétinements dus aux tentatives réitérées de marchandage des uns, aux prétendus changements de projet des autres. Pour le reste, il ne s'attardait pas aux détails. Il avait réclamé certains de ses livres – qu'il ne lisait plus depuis longtemps et que sa posture physique ne lui permettait même plus du tout de tenir en main désormais – ; le reste lui importait peu. C'était comme si la maison, devenue un bien, une valeur d'échange pour leur assurer une forme de sécurité et de bien-être dans la permanence, avait perdu à ses yeux toute existence affective. À peu près rien de ce qu'elle contenait n'existait désormais pour lui. Son fauteuil ? impossible de lui en faire accepter le transfert. Ses rares objets fétiches, c'était toi qui les lui avais pour ainsi dire imposés. Il en avait semblé satisfait, avait comme enregistré les faits, puis s'en était définitivement désintéressé – sauf quand il s'imaginait qu'on les lui avait volés ou que tout avait brûlé, alors même qu'ils étaient à portée de main. Mais il ne les voyait plus. Baucis, quant à elle, approuvait tout en regrettant, s'étonnait sans comprendre – de quelle maison s'agissait-il au juste ? –, se perdait dans les chiffres et les espaces. D'une fois sur l'autre, la situation lui échappait. Il fallait réexpliquer.

Tous les choix t'incombaient. Tu étais obsédée par le désir de préserver tout ce qui pouvait l'être, comme pour instaurer une forme de permanence et conjurer ce vide ignoble qui se creusait avant l'heure. Vider la maison c'était la priver de son inconscient, fait de *leurs* habitudes, de *leurs* goûts, de *leurs* gestes, de la place qu'y avaient pris *leurs* corps.

Dans ce contexte, les actes de transfert – de déplacements de meubles et d'objets d'un lieu à un autre – avaient quelque chose de rassurant et de légitimant. Pour leur nouveau lieu d'habitation (mais habite-t-on un lieu ouvert à tout-va qui n'a plus guère valeur d'espace intime ? tu évitais soigneusement de te poser la question) : quelques tableaux, des lampes, des livres et des objets de décoration significatifs, quelques photos, le grand écran plat. Des téléphones, des pendules. Pour *l'autre maison* (la seule désormais digne de ce nom), dans le grand jardin familial, tout ce qui était récupérable et pouvait encore trouver sa place. Alors on déménagea, pour de bon : un canapé par-ci, un guéridon par-là, de la vaisselle et une armoire. Les deux miroirs. Et pour toi, Cécile, tu sauvas de l'ancien *cosy* où plusieurs enfants avaient dormi, génération après génération, un petit miroir (encore un !) serti dans la boiserie. C'était une simple glace, sans valeur, en forme d'accroche-cœur et qui, posée sur la commode, formerait comme un *œil de sorcière* dans ton propre foyer. Non qu'il fût convexe mais parce que, figurant sur plusieurs photographies en noir et blanc de ta petite enfance, il te semblait réfléchir tout l'espace de ta vie, feuilleté par strates temporelles devenues comme simultanées.

Restait que bien des meubles ne trouveraient nulle part leur place. Trop vieux : le petit salon de velours bleu frangé éventré serait extrait comme une carie malencontreuse. Insignifiants, comme la cuisine en formica dépourvue de tout cachet vintage. Et puis tu donnerais, n'ayant ni le temps ni le cœur de vendre : le congélateur, le lave-vaisselle encore utilisable. Mais quelle détresse de découvrir que les meubles de la salle à manger ne sauraient être ni vendus, ni même récupérés par une association de charité, qui se refusait à les transporter car trop lourds, des meubles sans valeur marchande malgré leur éclat vernissé, datés, et qui ne s'adaptaient plus aux espaces exigus des appartements où les placards en tout genre, pseudo dressings et rayonnages encastrés, tenaient désormais lieu de rangements.

Pourtant cette salle à manger avait une histoire. En elle venait se loger le cœur même de l'existence de Philémon et Baucis. Malgré leurs moyens modestes, ils s'étaient offert au début de leur mariage une longue table rectangulaire et ses six chaises à haut dossier et un non moins long buffet bas aux portes ornées de clés dorées.

Le tout plaqué d'acajou laqué où la pièce entière se reflétait. Des meubles alors à la mode, avec ces chaises en cuir blanc. Tout s'y mirait : coupe en cristal et menus objets, lampes aux abat-jour vaporeux.

Tu prenais conscience que ces meubles constituaient ton repère. Ils réfléchissaient la stabilité du foyer avec leur assise solide et leur rayonnement pérenne. Là s'étaient partagés tous les repas de fête. Ils étaient l'âme de la maison. On avait bu et mangé autour de cette table dans le bonheur du partage et allumé des bougies. On avait échangé sur la vie qui allait son train autour des mêmes nappes et des mêmes couverts d'apparat. La belle vaisselle, blanche et dorée, ne sortait que par exception, avec les verres en cristal dont le nombre s'amenuisait d'année en année – comme pour annoncer, peut-être, la fêlure finale. La salle à manger, c'était la nourriture prodigue. Les repas sans fin. Le champagne. On avait parfois dansé autour de la table. Philémon et Baucis y avaient dernièrement dansé, seuls dans leur maison, avant que leurs têtes ne se retournent tout à fait, à contre-courant de la valse.

Ce jour-là, les déménageurs ont enlevé les meubles en parlant fort. Ils se sont réjouis de récupérer le lave-vaisselle. Et puis, comme c'était lourd et sans valeur, pour faire vite, ils ont jeté la table et le buffet dans l'escalier dans un fracas épouvantable de bois qu'on arrache.

Tu as entendu, incrédule, et poussé un grand cri qui n'a pas franchi tes lèvres. Tes cordes vocales anesthésiées n'ont pas vibré.

Dans le buffet, le bois était couleur de miel et il en avait étrangement l'odeur. C'était un sanctuaire où l'on serrait les seuls objets précieux de la maison : les beaux verres, les bougies, les piques à escargots, et les trois petits canards dorés pour le sel, le poivre et la moutarde avec leurs cuillers à servir aux airs de dînette enchantée. C'était Baucis jeune et si fine qui s'affairait.

Tu as senti la brisure du bois dans tes tripes et il n'y avait pas l'ombre d'un doute : tout était irrémédiablement détruit.

Maintenant que la maison était vide, les visiteurs pouvaient défiler. Il y avait eu cet homme qui n'en finissait pas de ne pas vouloir. Il voulait la maison. Mais pas tout de suite, ou pas comme ça. Il la voulait moins chère. Et puis encore moins et sous conditions. Et encore un peu moins juste au moment de signer. Des fois que. Parce que ces vieux, ils n'avaient sans doute pas besoin de grand-chose. Il aurait volontiers foré le jardin pour sonder la structure géologique de l'endroit, histoire de jouer au démiurge. Il aurait pu dire oui, ou non, en toute connaissance de cause. Il était sur sa planète et il comptait. Quoi ? Certainement pas les étoiles. C'était un businessman terriblement terrestre qui comptait les cailloux et les canalisations. Son rêve d'homme important aboutissait au fond des égouts.

Et le lendemain ou le surlendemain, il recomptait et fabriquait ses archives pour mieux recommencer la fois suivante. Un tout petit homme qui tirait des plans lamentables sur sa comète.

Il faisait un temps splendide, les roses odoraient tant que c'en était une insulte.

Garder les chaussures. Tu en ferais un musée. Tu deviendrais fétichiste de la mémoire.

C'étaient des pièces rares, des reliquats des *fifties* pour certaines d'entre elles. Leur seul point commun : petites (Baucis a les pieds d'Esmeralda), très fines et à talons aiguilles.

Petite fille, tu l'accompagnais chez ce marchand de chaussures dans la vieille ville. La boutique était profonde et pensée comme une galerie des glaces. On y parlait bas en se chaussant, sur les tabourets de velours rouge. Il fallait du fin. Il fallait du beau. De l'orfèvrerie.

Maintenant on trouve des souliers à tous les étages du placard et de toutes les couleurs : du daim brun jusqu'au lilas, de la coquille d'œuf au sang de bœuf. Des ouverts et des fermés à bout pointu. Des tressés de plusieurs bleus. Ceux-là atterriront dans l'établissement d'hébergement pour personnes âgées dépendantes. C'est décidé. Ils feront office de trophée et de pied de nez à la vie qui se fait la malle.

Jaune

Ce fut la période jaune.

Comme la bile du businessman avec son overdose de chiffres. Comme le foie, que tu imaginais cirrhosé, des déménageurs indélicats. Ou comme les rotules des assis dans l'établissement d'hébergement pour personnes âgées dépendantes.

Un jaune chassieux parce que tout n'est pas d'or.

Et puis bien sûr, le jaune des pièces sonnantes et trébuchantes.

Mais aussi, il faut être honnête, il y avait le jaune rayonnant de la lumière qui se déversait dans la chambre. Pas de toit en or ni de temple pour ces nouveaux résidents, comme dans la fable pour Philémon et Baucis. Mais une chambre à soi, ensoleillée, où partir à la dérive.

Et sans aucun doute, c'était sur ce côté du jaune qu'il fallait miser.

Le mur invisible (Imaginer)

Je me relevai trois fois pour vérifier qu'à trois mètres de moi existait vraiment quelque chose d'invisible, de lisse et de froid, qui m'empêchait de continuer mon chemin. Je me dis qu'il devait s'agir d'une illusion des sens, mais je savais bien qu'il n'en était rien. N'importe quoi d'un peu aberrant m'aurait paru plus facile à accepter que cette terrible chose invisible. […]
Quand il m'arrive de penser à la femme que j'étais avant que le mur fasse irruption dans ma vie, j'ai peine à me reconnaître en elle.

Marlen Haushofer, *Le Mur invisible*

Désormais, tu es entrée en *romancie*. Chaque visite à tes parents a sa part de fantaisie. Il faut en accepter les surprises, la redistribution imaginaire des espaces et des rôles qu'elle génère. Les scénarios qu'elle invente. Faire avec la part de déstabilisation et l'effet parfois durable de déterritorialisation qu'engendre ce phénomène. Jouer. Sans plus savoir qu'on joue.

Le plus réconfortant est la façon dont s'effectue finalement leur appropriation des lieux, entre perception dubitative et conviction. Serait-ce un hôtel ? Un appartement que l'on aurait acheté ? Mais alors pourquoi tous ces importuns ? Comme les visites intempestives de cette femme – que Philémon s'obstine à prendre pour un homme…

Qu'est-ce qu'il fait là encore celui-là ?

Et l'œil de Philémon de noircir. Il se renfrogne. *Celui-là* s'appelle Marie-Jeanne et c'est la voisine.

Charmante, envahissante, incontrôlable, solitaire, volubile, vivant sur le mode d'une itération systémique. *Qu'est-ce qu'il vient encore faire avec ma femme ?* Un mélodrame se fomente, il y a du rapt dans l'air. Le méchant pourtant est très doux et porte jupon. Ses mots trébuchent, son regard est éthéré. Il a toujours des prétextes pour revenir : la porte s'entrouvre doucement et la tête éberluée de Marie-Jeanne s'encadre dans l'entrebâillement à la façon d'une marionnette hésitant à faire son entrée en scène – c'est un crayon oublié, le besoin d'une feuille. Marie-Jeanne fut enseignante – dans une autre vie. Elle ne sait plus pourquoi mais répète éternellement son rôle. Philémon gronde ; il grommelle. Baucis accueille, un peu lasse tout de même : Marianne, un autre jour s'il vous plaît. Mes enfants sont là. À l'époque – c'est le début du séjour – ta mère a bonne allure et adapte sans difficultés son *habitus* domestique à son nouvel environnement. Le seul problème est que pour elle, le reste du monde devient évanescent et se réduit en fiction.

Tu expliques que la voisine ne s'appelle pas Marianne mais Marie-Jeanne. Ah oui ? Ce n'est pas grave. De toute façon, la voisine ne s'en offusque pas, pas plus que d'être prise pour un homme. D'ailleurs, elle ne prête guère attention à Philémon. C'est Baucis qu'elle vient voir, avec obstination. A-t-elle seulement conscience de son propre nom ? Comme c'est souvent *nous* qui vient en visite – car sur le trajet du retour, tu conduis toujours comme en état de choc –, Samuel plaisante (c'est sa façon à lui de mettre les choses à distance) : Ce n'est pas grave, Baucis, elle change de nom tous les jours, vous savez. Tenez, aujourd'hui par exemple, c'est Marguerite. Baucis sourit, elle ne sait trop qu'en penser. À ses yeux Marie-Jeanne, Marianne et Marguerite forment une même entité, commodément fluctuante.

Marie-Jeanne se promène beaucoup dans les couloirs, d'un pas lent. Vers quel paysage ? Mais elle revient avec obstination ; c'est aussi parce qu'elle vous trouve beaux. Tu as pris l'habitude d'être escortée dès la sortie de l'ascenseur car elle folâtre souvent dans ses parages. Elle te regarde comme la Sainte Vierge, caresse tes vêtements, tes cheveux. Tu es semblable à un Noël. *Vous êtes belle.* Encore Hollywood qui débarque, avec un soupçon de religion en prime cette fois. On navigue à vue dans les parages du sacré. *Vous avez de beaux cheveux.* Madeleine, qui l'accompagne souvent et semble l'avoir prise en affection, coiffure à la garçonne et voix chargée de nicotine, regard en coin, fond en extase. Tes vêtements lui plaisent. Elle les touche. Tu tolères sans t'attarder.

Le cérémonial se répète, de semaine en semaine. Ton gilet est soyeux, ta robe colorée. Autant d'événements à célébrer et te voilà au centre d'une procession. Tu ne donneras pas de bénédiction, ne sachant au juste quel est ton rôle – de prêtresse ou d'idole ? Tu acceptes les offrandes : compliments, murmures, regards extatiques. Regards qui dérivent, tout aussi bien. Tu n'es qu'un point transitoire dans leur parcours. Un accident lumineux vite oublié dans la journée, interrompant les tours de couloir un court instant, impulsant bien malgré toi une orientation à la marche de ces deux femmes qui ne savent plus.

Marie-Jeanne trouve aussi que Samuel est beau. Elle le lui a dit. Comme d'autres le lui diront. De petites dames toutes légères et ratatinées et qui rêvent. Et quand cesse-t-on de rêver d'amour ?

Depuis qu'il est assigné à résidence, Philémon voyage beaucoup. Jamais il n'aura autant voyagé que pendant les années passées dans ce qu'il considère maintenant comme son appartement, sanglé dans son fauteuil. Lui, si taiseux toute sa vie active durant, te raconte tous ses voyages.

Cette fois, explique-t-il avec une lueur malicieuse dans les yeux, ils sont allés ensemble à New York. Mais ce n'était pas mémorable. L'avion a atterri et ils sont restés à l'aéroport. L'aéroport de New York, à l'en croire, n'a rien de palpitant, mais tu lis tout de même une certaine satisfaction sur son visage. New York, le Canada… À chaque fois, c'est la même chose : tout s'arrête à l'atterrissage. Il piétine ou s'assoit dans des halls où nulle navette ne vient jamais le chercher. Il n'explore pas. *Mais il part !* et son œil luit. Tu discernes sur son visage ses fossettes d'enfant réjoui.

Le plus souvent cependant ils vont à la campagne. Oui, en voiture, pourquoi cette question ? Mais ils ont immanquablement des difficultés à rentrer. Il faut qu'on les ramène. Ce qui fait surtout problème ce sont, t'explique-t-il, les mystérieux locataires qui se sont installés dans la maison. Ils ont fait beaucoup de travaux et il faudrait que tu ailles surveiller le chantier… Dans sa voix résonne un mélange d'exaltation et d'inquiétude. Et puis, quand on part ainsi, où manger ? Comment payer la nourriture – car il n'a pas retrouvé son portefeuille. Comment régler le garagiste ? Et par-dessus tout, où dormir ? C'est sur le toit du véhicule des pompiers qu'ils ont passé la nuit, t'informe-t-il.

Dans ces épisodes, tu vois se reconstituer le puzzle de ses hantises, où point la conscience de sa condition, sublimée par un irrépressible esprit d'aventure. La fiction n'est jamais parfaitement sereine mais elle ménage une soupape de liberté, vitale pour lui comme pour toi, qui as consenti à l'accompagner dans cet univers de fantaisie sans plus te poser de questions.

Baucis quant à elle acquiesce à tout, un soupçon d'étonnement dans les yeux.

L'univers de Philémon et Baucis est aussi celui de la répétition. Tu es désormais soumise au protocole inamovible de leurs doléances, qui traduisent des angoisses profondes comme un puits de mine. Et projetée dans le même temps sur une scène digne de Ionesco.

Ici, il n'y a pas de réveil.

Tu montres celui qui se trouve sur la table de nuit, entre les deux lits. Tu montres aussi les deux autres, de part et d'autre du grand meuble. Tous fonctionnent parfaitement. Ils indiquent la même heure et créent dans la chambre une orchestration subtile, la coordination parfaite d'un temps qui n'existe plus. Comme Philémon n'entend pas, tu dois parler juste dans le pavillon de son oreille en t'encolimaçonnant sur ta chaise et là, c'est miracle, car il te comprend. Ton corps se crispe dans l'effort, modelé pour lui servir de conducteur. Il devient douloureux. Puis, il faut que tu lui apportes chaque réveil l'un après l'autre et que tu lui montres que tous fonctionnent car c'en est fait, désormais son corps à lui ne parvient plus à se déplier et dans cette position, son rayon visuel est trop restreint pour atteindre ces objets qui l'environnent mais dont l'idée de l'absence le torture.

La démonstration est efficace et Philémon finit par admettre que les réveils fonctionnent. Jusqu'à la prochaine fois.

Mais il n'y a pas de téléphone.

Philémon voudrait qu'on lui donne des numéros. Savoir où appeler pour te joindre. C'est un nouveau rituel : tu lui apportes son bloc-notes avec la liste de tous ces numéros – qu'il ne peut plus lire, mais que tu lui récites. Ce sera votre chapelet.

À chaque visite, les réveils et le téléphone – les téléphones sans fil, disposés à des endroits stratégiques de la pièce. Où est le téléphone ? Comment fonctionne-t-il ? Samuel fait plusieurs fois la démonstration. Vous jouez à vous appeler. Il faut prouver que le téléphone marche.

Au début, il lui arrivait de te téléphoner. *Allô ! allô ! allô ! Vous êtes qui ? C'est moi papa ! C'est Cécile !*

Tu hurles car son pavillon est manifestement moins bien situé par rapport à l'écouteur que quand tu lui souffles ta voix doucement dans l'oreille et qu'elle se faufile dans les conduits secrets de son appareil acoustique abîmé par les fracas de sa vie. Ton souffle s'enroule autour de son cœur, tu le sais, tu le vois. Là, non. *Baucis ! Viens m'aider !* Baucis dispose de toute la motricité nécessaire et aussi d'une ouïe intacte. Mais pour une raison qui restera mystérieuse, elle ne daigne jamais prendre le combiné, comme frappée d'un interdit. Y a-t-il dans son monde des règles que vous ignorez ? La cacophonie désastreuse dure ainsi de longues minutes. Les mots, à l'autre bout des ondes, s'empâtent puis se bousculent. Ils font pelote. Et tu souffres.

Aujourd'hui, Philémon va mal. Il est alité. Il fait bon dans la chambre. Il ne se réveille pas. Tu lui parles en espérant que ta voix le sollicitera et l'extraira de ce sommeil bafouillant et semi-comateux dans lequel on ne sait quoi l'a plongé. Tu redoutes qu'il n'ait pris la tangente et ne soit en train de s'échapper. Mais non. Simplement, il n'y aura pas d'histoire pour cette fois. Pas d'explications à fournir sur les locataires imaginaires. Les as-tu vus ? Leur as-tu parlé ? Que vas-tu faire ? À ses côtés, les personnages se renouvellent et défilent les uns après les autres. La mystérieuse inconnue s'est faite plus discrète ces derniers temps ; on dirait même qu'elle ne l'a pas suivi, comme si son rôle était de veiller les murs de l'hôpital. D'ailleurs, elle semble avoir entraîné avec elle la cohorte des harceleurs : ceux qui l'ont poursuivi pour le faire tomber du pont, jusqu'en son domicile, et ceux qui menaçaient de le violenter et qui le frappaient et le frappaient encore, dans les couloirs de l'hôpital. Plus d'exactions. Tu remarques qu'elle, tout comme eux, était en réalité une figure de domination. Le pendant féminin et glaçant de ces hordes de mercenaires. Il est vrai que tu n'es plus là au quotidien pour mesurer le pouls des angoisses de ton père et voir les ombres folles qu'elles projettent contre les murs.

Tout au moins les importuns semblent-ils se faire plus rares. Il les chasse à grands mouvements d'éolienne et tourne la tête. Peut-être est-ce eux qu'il voit dans ses rares accès de violence ? Quand il devient ordurier et qu'il frappe le vent. Mais aujourd'hui Philémon est au fond du trou et tu ne peux rien pour lui.

Tu t'installes avec Baucis dans la salle à manger qui donne sur le jardin et vous discutez en boucle. L'avantage, c'est sa capacité inépuisable à la découverte et donc, en un sens, à l'émerveillement. D'autres résidents sont installés pour profiter de la lumière soyeuse, de la musique en sourdine et aussi des autres, de tous les autres – ceux qui circulent alentour, à pied ou en fauteuil. Les couloirs, ce jour-là, ont presque des airs de *ramblas*. Mme S***, frêle comme une herbacée, fait vigile ; vous partagez un moment de conversation. Il y a des moments de grâce dans cette société parallèle où les voix se croisent sans forcément se rencontrer, où les regards peinent à trouver un point de fixation, comme tournés vers un Ciel qui ne répond pas. Un chant s'élève, un jouet fou circule – acidulé comme l'enfance.

À leur arrivée dans l'établissement, les nouveaux résidents sont évalués. Expertisés par des médecins et des psychothérapeutes. Il s'agit de déterminer à quelle catégorie ils appartiennent en fonction de six Groupes Iso-Ressources : GIR 1 à GIR 6, gradation absolument contre-intuitive, comme l'effet présumé du taux de thyroxine dans l'organisme.

Dès son entrée, on estima que Philémon faisait partie du groupe GIR 2, soit, comme le stipule la notice de référence, « les personnes confinées au lit ou au fauteuil dont les fonctions intellectuelles ne sont pas totalement altérées, mais qui nécessitent une prise en charge pour la plupart des activités de la vie courante », ou bien « les personnes dont les fonctions mentales sont altérées, mais qui peuvent encore se déplacer ». Il faisait partie de la première de ces deux catégories en raison de sa propension devenue incontrôlable à tomber et des ruptures de conscience avec échappées délirantes dont il souffrait.

La difficulté, dans des cas comme le sien, était le caractère à éclipses de ses facultés mentales. Les fulgurances de son bel esprit rationnel pouvaient être durables et sembler presque intactes, d'où sa capacité à vous entretenir sur des questions de gestion des biens (jardins, maisons) de façon très investie. Les anicroches dont souffrait parfois la logique de son raisonnement et ses difficultés illocutoires n'empêchaient pas le discours de tenir. La ligne de flottaison était bonne. Il pouvait tromper son monde, ce à quoi travaillait aussi sa fierté intacte. Il suffisait de ne pas tomber dans les heures creuses.

En 2019 il avait décroché la palme, soit le GIR 1. On croit d'abord être récompensé pour ses efforts comme un bon élève qui accède au tableau d'honneur. La première place a toujours quelque chose de prometteur et d'euphorisant. Mais en réalité on est berné comme les naïfs qui se réjouissent d'être invités dans un « Formule 1 », avant de découvrir que le luxe qu'ils convoitaient secrètement se résume à un hébergement fonctionnel à la sobriété sans charme en bordure d'autoroute.

Car au-delà du GIR 1, il n'y a plus rien qu'une vaste réserve de détraquements plus ou moins bien répertoriés, qui exigent des soins (ou des aides) quasi permanents. Le groupe GIR 1 désigne ainsi, comme le stipule cette autre formule qui vient sensiblement modifier l'identité de ton père, « des personnes confinées au lit ou au fauteuil, dont les fonctions intellectuelles sont gravement altérées, qui nécessitent une présence indispensable et continue d'intervenants ». Le texte ajoute : « Les personnes en fin de vie se trouvent dans ce groupe. » Tel n'était pas, Dieu merci, le cas de Philémon qui, malgré les jours de gros grain, tenait bon, éclipsant les tempêtes grâce à un goût pour la vie rarement mis en défaut, et qui chantait (fort bien) lorsqu'on le conduisait « à la soupe ». Son corps défaillant n'était pas un corps anéanti. Certes, marchant, il tombait ; mais il répondait à sa mécanique propre : seul le monde ne lui était plus adapté.

Samuel avait pour habitude de lui demander de choisir, lorsqu'il poussait son fauteuil jusqu'à la salle à manger, s'il préférait rouler en Ferrari ou en Lamborghini. Philémon choisissait (*Ferrari !*), son regard s'éclairait – non pas tant du jeu (quoique) que de l'idée du jeu. Pour lui le second degré, qu'il savourait, n'avait rien perdu de son charme et de son pouvoir. Comme le vieux funambule sénescent qu'il était, il avait décidé de finir sa vie en clown facétieux et élégant, à qui les formules désopilantes venaient au bord des lèvres comme une manne.

Les hallucinations de Philémon soumettent son corps à des métamorphoses. La camptocormie qui a déformé sa voûte dorsale et l'a progressivement fait pencher en avant de façon irréversible lui joue des tours. Assis, on jurerait d'un contorsionniste. De près, il a pour tout théâtre le ballet des pieds qui daignent traverser son champ visuel, et qu'il prend pour des objets ou des personnes. Les siens propres, qu'il fixe avec méfiance, sont une source d'inquiétude, avec leurs chaussons noirs.

– Qu'est-ce qu'il fait là, celui-là ?

– Qui ?

Il montre.

– Celui-là.

Tu penses avoir un certain sens de la pédagogie et Philémon t'écoute. Tu lui expliques, toujours tirebouchonnée devant le pavillon de son oreille, que dans cette pièce il n'y a personne d'autre que lui, Baucis, et toi ; que sa vue déforme les objets ; qu'il s'agit de ses pantoufles et que c'est une fois encore l'effet de son imagination. Dans les bons jours, il sourit : Ah, oui. Tu crois ? Mon imagination ? Puis rit franchement : Ben, ça ne va pas fort ! Mais parfois l'angoisse est tenace et il s'obstine. Ses yeux à couleur variable noircissent, il fronce les sourcils. Il y a trop d'importuns. Ses pieds en font partie. La plupart de ces parasites sont le fruit de son esprit, mais ils prennent toujours forme à partir d'éléments de son environnement. Chaque ombre devient suspecte.

Qui sont-ils ? L'expression de sa lassitude profonde ? De son refus de se retrouver là où il est, rivé à son fauteuil, situation que jamais il n'eût imaginé pouvoir tolérer ? En vérité, les signes de l'aliénation sont partout. Il tire sur les plis de son pantalon qu'il voudrait arracher car il y voit des chaînes. Si l'analogie visuelle n'est pas flagrante, la métaphore est criante. Se dévêtir et repartir d'un bon pied. Se défaire des hardes de la vieillesse, qui a frappé fort : dans le dos, dans les tympans, dans les yeux ; la vieillesse qui a tricoté les neurones et qui concocte, à ses heures, une bouillie avec les mots. Il crie souvent ; il appelle fort Baucis, qui s'épuise en déplacements inutiles comme le font les personnages de Beckett sur la scène vide. Car en réalité, il n'a rien de précis à demander. Et le nom de sa femme résonne parfois dans tout l'étage.

Baucis! Baucis! Les murs réfractent les sons. L'écho est signe de perdition définitive.

Que s'est-il passé ?

Tu découvres ta mère, cette femme élégante adepte des séances chez le coiffeur mais dont les cheveux maintenant fatigués mériteraient quelque arrangement, affligée d'une coupe au carré curieusement agencée, cheveux trop longs, lisses et parcimonieux, raie au milieu du crâne. Hagarde. Tu peines à l'identifier. Quant à Philémon dont les longues mèches de rockeur décadent qui barraient son regard ont été coupées comme on débroussaille une futaie, il arbore, dans l'épaisseur de ses boucles fournies, d'étonnants dégradés. Abrupts.

Le couple mythique une fois passé entre les mains du coiffeur a pris des airs de demeurés. La coupe a opéré un marquage infâmant, une stigmatisation supplémentaire.

Ce jour-là tu te retrouves sans réaction, hésitant entre le rire et les pleurs. Il faut l'avouer,

Cécile, tu fus lâche. Devant la situation inédite qui déterminait désormais le sort de tes parents et, d'une certaine façon, le tien, tu avais perdu en réactivité et en énergie. Le sort terrasse parfois. Tu aurais dû réagir *in petto*. Mais non. Tu n'avais ni le temps ni la force de cela, en plus de ton métier prenant, de tes engagements multiples, de tous les déplacements que tu avais dû sacrifier les premiers mois, quand tu t'étais mis en tête de faire office de lingère pour faire des économies, très vite écrasée par l'ampleur de la tâche. Les monceaux de linge malpropre t'asphyxiaient, les sacs poubelle noirs où tu l'entassais te narguaient, creusaient comme une tranchée fétide dans ton espace mental.

Tu avais capitulé. Et tenté tant bien que mal d'exorciser le rêve culpabilisant où tu te voyais occupée à tordre un doux chignon dans les cheveux trop fins et trop longs de ta mère.

Philémon t'a demandé un livre. Car, quelle que soit la classification qu'on lui a décernée et la coupe de cheveux dont on l'a affublé, il rêve de tout savoir sur les pigeons voyageurs.

C'est une manifestation encourageante : sa curiosité intellectuelle, son intérêt pour l'Histoire et son amour des oiseaux semblent restés intacts. Il aime les bêtes et leurs secrets et sonder les arcanes de leur intelligence. Après quelques recherches, tu constates que peu d'ouvrages correspondent à ce qu'il souhaite et qu'il a su très clairement t'expliquer. Un seul, en fait, qu'il va falloir commander chez l'éditeur. Le délai rend Philémon impatient. C'est bien. Il ne perd pas le fil.

Le jour où tu lui offres le livre, il le reçoit avec satisfaction mais échoue à le prendre en main. Tu le places là où, penses-tu, tombe son regard. Tu le feuillettes. Malgré la beauté des images, son attention ne se fixe pas et son œil ne capte pas le lustre des plumages. Tu te rappelles la façon qui était la sienne, exaltée et pressée, d'accueillir les livres (d'Histoire ou de témoignages : la fiction n'était pas pour lui car il était convaincu qu'elle distordait ou enluminait hypocritement le monde). Tu revois sa manière de les découvrir, très concentré, dans son petit salon où il les emportait comme un vieux magicien jaloux de son grimoire. Mais cette fois, *Le Pigeon voyageur de l'Antiquité à la colombophilie moderne* ne prendra pas son vol : il ira aussitôt se poser près des rares ouvrages que ce lecteur trahi par son corps devenu dysfonctionnel t'a demandé d'apporter au tout début de son installation.

Ta vie a changé, frappée d'une inconfortable bilocalisation. En quittant ton quotidien pour retrouver Philémon et Baucis, tu intègres à chaque fois un univers parallèle, pénètres dans une arche qui a sa structure propre, ses règles et ses habitudes : les deux bâtiments, les différents étages qui s'articulent entre eux par divers systèmes de communication – escaliers, ascenseurs codés, passerelle – et leurs couleurs respectives, tout cela est régenté par des cohortes de femmes et d'hommes dévoués aux fonctions bien spécifiques.

Tu pénètres dans le bâtiment B avec l'ingénuité d'Alice émergeant du long couloir qui la conduit en *Wonderland* – à savoir, dans le pays de tous les questionnements. Le parallèle s'impose à toi : tu glisses dans la passerelle avant d'être propulsée au troisième étage par l'ascenseur, mode d'accès unique à ce monde à part.

L'impassible Mme S*** est fidèle au poste, en faction. Pour une raison que tu ignores, elle prend ses repas au deuxième étage. Ne maîtrisant pas le code, elle attend à heure fixe qu'on l'y conduise. Elle craint toujours d'être en retard, en retard, en retard ! comme le Lapin d'Alice, de sorte que sa silhouette incertaine reste longtemps postée à proximité des portes coulissantes. Au fil des mois et des années, il te semble qu'elle devient de plus en plus spectrale, avec son regard noyé. Elle tient un mouchoir serré tout contre sa bouche. En fait, ils sont tous là : le Lapin blanc, la Reine de cœur, les fous, la similitortue et sa mélancolie.

Aujourd'hui comme hier la Reine s'époumone :

– Berthe !

C'est sec, martial, ça claque.

– Berthe ! Viens là !

Tu ne sauras jamais qui est Berthe – ou qui elle fut. Une domestique ? Une enfant désobéissante ? En tout cas on menace de lui couper la tête ou c'est tout comme. Et c'est un roman présent là en germe, avec ses possibles. Toi, simple visiteuse, sous l'effet de la voix impérieuse, tu seras des mois durant une Berthe provisoire et soumise, ni plus ni moins que toutes celles et tous ceux qui se déplacent à l'étage. Mieux vaut circuler tête basse comme si de rien n'était. Traverser les bruits, ignorer les gesticulations. S'intégrer et se sauver dans un même mouvement paradoxal.

La vie au troisième étage, dans le bâtiment B, est toujours rythmée par les vaticinations de la douce et infatigable Marie-Jeanne, la voisine de Philémon et Baucis. Mais sa marche est de plus en plus lente, son regard de plus en plus erratique, ses incursions dans les chambres de plus en plus incontrôlables. Il faut les fermer la nuit sous peine d'être hanté. Avec ou sans lien avec sa présence, des vêtements disparaissent. Il faut diligenter des enquêteurs qui remontent les pistes. Avec ou sans lien avec sa présence, des boîtes de marrons glacés ou de chocolats restent introuvables. En l'occurrence, c'est sans lien : Baucis a dissimulé le tout dans les coins les plus improbables de la chambre, sous des piles de linge, de peur qu'on ne les lui vole. Elle a oublié. Ils ont séché. Avec ou sans lien avec sa présence, en voulant changer l'ampoule de l'une des deux lampes de la chambre, tu constates que le fil est coupé… Comme un cambrioleur aurait fait de celui du téléphone. Le fil qui permet de sortir du labyrinthe…

L'expérience te permet de toucher du doigt l'opacité des soins censés protéger « nos aînés ». Philémon et Baucis sont d'un naturel prévoyant. Étaient. Ils ont souscrit à une assurance invalidité. Les termes du contrat, que tu as lus avec attention, sont très clairs. Pour avoir droit à un soutien financier, il faut cocher un nombre déterminé de cases. Tu as vérifié l'adéquation objective du système avec l'état de Philémon et sollicité une expertise. Tu as le droit d'être présente mais tu travailles ce jour-là et tu décides de faire confiance. L'expert verra nécessairement que Philémon ne peut ni se lever ni se coucher seul. Qu'il peut se nourrir par lui-même à condition qu'on l'attable, le serve, puis le change parce que ses vêtements sont maculés de nourriture. De sa main gauche devenue incontrôlable et qui tressaute désormais sans mesure, l'expert n'osera certainement pas dire, comme il le fit pourtant ce jour-là, te rapporta Philémon vaguement réconforté, que « *ça*, ce n'est rien ». Car *ça*, c'est un signe. *Ça* s'interprète et accessoirement, *ça* vous envoie par la figure ce qui était promis à un parcours plus paisible. L'expert verra, penses-tu, que Philémon ne peut se rendre aux toilettes et pas davantage procéder à sa toilette par ses propres moyens. Qu'il n'accède même plus à son propre reflet dans le miroir. Et il est peu probable qu'il croie Baucis, t'imagines-tu toujours, certes charmante avec ce nouveau visiteur, quand elle lui expliquera avec fermeté que son mari se promène tous les matins et qu'il n'a rien perdu de ses capacités. Et que non, bien sûr, il n'a besoin de personne. *On n'est pas là pour ça.* L'expert est expert en démence sénile. Il connaît les subterfuges dont usent les esprits qui déraillent.

Il est vrai qu'à sa décharge l'expert n'est pas venu le jour où, dès la sortie de l'ascenseur, tu eus la curieuse impression qu'un souffle d'air t'emportait et la sensation de fouler des herbes folles en bordure de fossé. Il aurait marché avec précaution, comme toi – avec toi peut-être ? –, t'aurait accompagnée en invité attentif tout au long du bas-côté herbu qui conduisait à la chambre. Aurait suivi cette route qui s'enfonçait dans la campagne, ponctuée de chants d'oiseaux. Mais les aurait-il perçus ? Aurait-il même seulement entendu les cris désespérés d'un homme s'époumonant au loin, puis de moins en moins loin, et donc de plus en plus fort, dans une chambre au bout du couloir, les pieds et la voix fatigués par l'effort : *Ohé ! Ohé !* Car Philémon, ce jour, était perdu, croyait-il, sur la route qui le menait à son pays natal, là-bas, à la campagne, et qu'il n'aurait jamais de cesse de vouloir retrouver. *S'il vous plaît ! S'il vous plaît ! Où est la route de M*** ? Où elle est ? Dites-moi où elle est !*

S'il vous plaît !

Hélas, tu le compris plus tard, l'expert, insensible à l'air frais, aux herbes folles et aux chants d'oiseaux, aurait passé son chemin et il aurait laissé l'homme jugé valide gesticuler comme un pauvre fou en rase campagne. Un homme pour lequel on ne pouvait tout de même pas cocher toutes les cases.

L'imagination est un baume, à moins qu'elle ne devienne obsession de déni. Ainsi Baucis affirme-t-elle être très active. Elle devient même prolixe. Elle aussi raconte, même si ce ne sont que péripéties domestiques.

Si tout est si propre dans la chambre, c'est parce qu'elle fait précautionneusement le ménage chaque jour, t'explique-t-elle non sans fierté. Chaque jour, elle entrouvre ses fenêtres pour aérer. Pourtant au moment d'ouvrir la croisée pour te montrer, côté rue, le rond-point avec ses voitures qui s'obstinent à se poursuivre en tournant tout en rond – c'est vraiment divertissant, ce jeu –, il y a comme un dérapage incontrôlé. Pourquoi a-t-on bloqué sa fenêtre ? Si elle s'écoutait, elle monterait sur une chaise pour défaire la chaîne. Elle se mettrait presque en colère. Ses doigts s'affairent sur la poignée. Ses ongles, qu'elle a gardés longs, la griffent. Tu lui parles des personnes âgées et malades qui pourraient tomber du balcon. De la responsabilité de l'établissement. Elle s'apaise un peu. Bien sûr, les *pauvres*. De cette cohorte indistincte et disgraciée, elle s'extrait tout naturellement.

Sans transition, elle te montre la reproduction d'un petit tableau de Corot suspendu au mur, qu'elle affectionne particulièrement. Un tableau charmant acheté à l'époque de l'aménagement dans la maison qu'elle ne sait plus être maintenant vendue. Tu sais, c'est elle qui l'a peint. Oh, pas tout ! Mais il manquait un peu de feuillage ici ; oui, là, juste ici, à l'endroit de ces feuilles qu'on imagine frémissantes dans l'angle. Elle te montre, soudain animée. Sa vie est ponctuée de menus miracles. C'est ainsi qu'elle a trouvé, t'explique-t-elle encore, des pinceaux et qu'elle a pu grâce à cela terminer ce tableau et, mieux encore, qu'elle a récupéré par hasard, dans la rue, en se promenant comme elle en a l'habitude, des morceaux de bois dont personne ne voulait et qu'elle a ramassés pour encadrer cette autre toile – une reproduction de Rembrandt réalisée par tes soins il y a bien longtemps, au moment de ton apprentissage de la peinture à l'huile.

Quand Philémon fréquente les vols internationaux ou part en maraude dans la campagne,

Baucis, industrieuse, ravaude. L'esprit pratique et toujours alerte, elle joue les chiffonnières averties dans les rues pentues de la jolie cité thermale.

Au détour d'une conversation, rien ne la fait rire comme son âge quand tu le lui apprends. Elle rit à gorge déployée. Vous riez ensemble. Et ce rire est un pied de nez au temps qui passe.

Tu aurais eu besoin de discours pour corseter ces dérives impitoyables, besoin de termes scientifiques, de descriptions cliniques pour te guider dans cet arpentage sans feu ni lieu. Pour avoir prise. Et te positionner par rapport à ces mouvances désormais perpétuelles, aux bifurcations imprévisibles. Mais au lieu de cela il y avait eu dès le départ comme un accord tacite de la part du corps médical, qui consistait à ne rien avancer de trop précis. Et sans doute en effet n'y avait-il rien à faire. Ces gens-là allaient bien : ils s'épaulaient, ne souffraient ni d'abandon ni de solitude. Pourquoi dès lors dérouler des mots inutiles ? L'homme qui accompagnait Baucis était taciturne et compulsif – bourrelé d'inquiétudes, hypocondriaque sur les bords. Il retournait sans cesse chez les mêmes praticiens, comme un habitué à son zinc, mais il n'avait rien que l'on puisse vraiment soigner. Son corps se cassait. Peut-être un jour ferait-il une chute dans l'escalier car la poupe le tirait sec en avant. Mais organiquement, rien n'était à signaler, mis à part ces étourdissements...

Personne n'interrogeait sa maigreur. Il y a eu de tout temps des vieillards étiques. Dans la fable d'Ovide, on imagine Philémon et Baucis aussi friables qu'herbe sèche. Mais comment ne pas soupçonner que le dérèglement alimentaire pouvait venir de ce que Baucis avait définitivement perdu la clé du garde-manger et qu'on dînait de peu, sans l'avouer ? Alors, consumé d'amour, Philémon finissait de se taire et de se replier – tel une feuille d'automne en état de dessiccation ou un billet doux passé dans la flamme et près de s'effriter.

L'hôpital et son grand tilleul, avec sa Dame grise et ses délires de persécution, ne t'avait pas non plus délivré de message malgré tes questions répétées. Tu étais en train d'admettre que la démence a ses territoires réservés. Une cartographie mutique – ou polyvalente. Le dossier médical, auquel tu aurais dû avoir droit d'accès, contenait pourtant des propositions, tu l'apprendrais plus tard. Des noms à poser sur les gestes, sur les tourments et sur les colères. Des mots qui permettaient de relier entre eux ces symptômes ondoyants comme des poulpes. Les abysses du corps valaient ceux de l'inconscient et tu étais apte à en suivre les méandres, Cécile, toi que la psychanalyse eût tentée si tu n'avais pas choisi de consacrer ta vie à la littérature. Ce n'est que bien plus tard que tu avais appris, à force de questionnements, que le nom de *démence à corps de Léwy* figurait dans le dossier médical de Philémon. À titre d'hypothèse. Et tout s'était éclairé pour toi, qui avais reconnu (après quelques recherches sur cette pathologie au nom étrange) les indices, noué entre elles les pièces éparses du puzzle que constituaient les gestes et les mots autrement incohérents de ton père et su interpréter le diagramme contrasté qui opposait ses moments de conscience à ses terribles embourbements mentaux.

Mettre un mot sur les choses permet de suivre un destin ou d'en avoir l'illusion.

Chants amœbés

PHILÉMON

Ah ! Je voulais te voir ! Je pensais justement à toi, Cécile !

On nous abandonne. On nous a fait attendre des heures ! Au magasin, on ne pouvait pas payer. J'appelais ! j'appelais ! Mais le – comment ça s'appelle, déjà ? – le tapis roulant était bloqué ! Tout le monde se plaignait. J'ai dit : « Vous n'allez quand même pas nous laisser là ? » Mais il y avait des bûches, des tonnes de bûches qui bloquaient le tapis roulant. On a dû dormir sur place. J'appelais pourtant ! J'appelais !

BAUCIS

Regarde mes belles roses ! Je n'arrête pas de les admirer. Bon, bien sûr, elles sont en papier. Mais je m'en occupe bien et elles me font de beaux boutons.

PHILÉMON

Ah, tiens, dis donc ! Tu sais, on est partis à la campagne. Il y a toujours ces locataires dans la maison. Il faudrait peut-être que tu ailles leur parler… Parce que tu comprends, on n'a pas pu dormir. Pas de chambre… Alors, on a dormi avec les abeilles.

BAUCIS

Oui, oui, je veux bien une plante. Mais là, tu dis ? Il y a trop d'ombre. Enfin, on peut changer l'ombre de place, remarque.

Gris

Le gris est une couleur mal connue, indécise et pourvoyeuse de surprises.

C'est une teinte hospitalière, cosmopolite même, pour ainsi dire.

Le gris s'était installé sur vos vies comme une nappe de brouillard enrubannerait un paysage. Avec beaucoup de douceur et une versatilité étonnante. Il pouvait se plomber et tourner au ciel d'orage, tirant sur le noir et le violet, des teintes anxiogènes qui enflaient jusqu'à l'éclatement. Le plus souvent, il déposait ses aplats comme ferait la musique d'un homme concentré dans sa prière. Il s'accommodait de l'esprit des spectres et de la lente dérive des glaciers intérieurs mordus de bleu.

Tu nageais dans le gris ouaté de tes rencontres avec eux, au-dessus ou à côté des vicissitudes du monde réel. D'autres logiques s'enclenchaient. Des dialogues en archipel. Une berceuse grise vous rassemblait. C'était ce gris qui laisse poindre l'espérance : des frémissements gris comme vaguelettes sur la verdeur des prés ou sur des algues fines. Tu observais les ombres glissantes des grands poissons argentés de la rivière qui t'emportait.

Le gris de l'espoir (Rêver)

Noir et tanné sont mes couleurs,
De gris ne veuil plus porter,
Car je ne puis supporter
Mes tres graves douleurs

Rondeau anonyme

Il vit en bonne espérance,
Puisqu'il est vestu de gris,
Qu'il aura, a son devis,
Encore sa desirance

Charles d'Orléans, *Poésies*

Le 31 décembre 2019, la Chine déclare avoir découvert une nouvelle forme de « pneumonie virale » sur le marché aux poissons de Wuhan.

Le 9 janvier 2020, l'OMS annonce que la maladie est due à un nouveau coronavirus nommé provisoirement 2019-nCoV.

Le 21 janvier, un premier cas est déclaré aux États-Unis.

Le 30 janvier 2020, l'OMS déclare l'état d'urgence sanitaire et le 11 mars, l'état de pandémie mondiale. À cette date, le virus a fait 4635 morts dans le monde.

Le 17 mars 2020 est déclaré le début du confinement en France, avec interdiction des déplacements sauf pour l'achat de produits de première nécessité, la fermeture des commerces dits non essentiels et des écoles, la généralisation du télétravail.

Levé en mai et juin, ce premier confinement sera suivi d'un deuxième repli – plus souple – en France, le 20 octobre 2020. C'est la période d'un long isolement dans les EHPAD, ces établissements d'hébergement pour personnes âgées dépendantes, comme celui où résident Philémon et Baucis.

Le fil est coupé : plus d'immersion dans leur quotidien. Quand les visites seront de nouveau autorisées, de façon très réglementée, ce sera dans un vaste hall, sorte de salle des pas perdus où résonneront vos voix forcées, à distance. Plus de peaux qui se touchent, plus de plantes ni de fleurs, devenues suspectes de propagation du virus pour cause d'humidité – t'explique-t-on –, plus de champagne ou quoi que ce soit qui se boive ou se mange en commun. La coupe en cristal de Philémon, installée à demeure et que tu rinces avant puis après chaque moment festif, s'empoussière sur son étagère. Elle devient relique. Après les objets échoués sur les rives érodées de la mémoire, ceux qu'on laisse être désossés sans rien dire, ceux qui font le lien et qu'on chérit, voici les objets testimoniaux, qui rendront compte d'un moment de l'histoire où privé et public se nouent et font cri. On dira qu'il y a eu rupture – une fêlure quelque part et qu'on sent sans la voir autrement que par d'infimes détails –, que l'idée de permanence est une chimère et que le tissu conjonctif de vos vies a été altéré suite à un cataclysme biologique que l'on avait choisi de ne pas envisager.

La coupe s'évase pour mieux recueillir les grains de poussière comme un ciboire que l'Esprit aurait abandonné.

Il y a eu une dernière entrevue en dehors de la chambre, dans la salle à manger commune pour cette fois vide de convives, avec une lumière très pure qui s'y déversait à flots. Tu te souviens, Cécile ? tu as pris des photos tellement le jour épousait leurs visages.

Celui de Philémon est tourné vers la mer car en ce jour, il s'imagine être sur une île. Les bords en sont escarpés et il te met en garde à plusieurs reprises.

– Ne recule pas !

Il ne t'a pourtant pas reconnue au départ. À cause du masque qui est désormais obligatoire. Tu n'as pas le droit de t'approcher. Dans les courriers officiels, on appelle ce protocole « le respect des mesures barrières ». Être assise à un mètre de Philémon, c'est renoncer à toute forme de communication. Tu sais qu'avec le curieux angle de vision qui est désormais le sien, il ne peut qu'avoir une idée très approximative de ta personne. Et qu'il ne t'entend pas. En voyant son regard hostile qui t'attrape par en dessous, tu te dis qu'il a longtemps frayé avec les bêtes et que, pour un peu, il retrousserait les lèvres en chef de meute. Et pourtant, c'est le regard d'un animal qui ne demande qu'à être apprivoisé – tu penses cela mais les gestes ne te sont pas permis. Tu répugnes à crier. Tu exècres la mise à nu de votre intimité.

Une aide-soignante finit par lui faire comprendre que c'est toi, Cécile, qui es assise en face de lui. Alors, il te parle de l'océan, qui de fait se reflète dans ses yeux aux couleurs mobiles. Il a le regard d'un vieux loup de mer et semble scruter un horizon lointain. Lui seul capte le paysage. Des vers de Baudelaire affluent à ta mémoire parce qu'ils s'accordent très exactement à ce qu'il est en ce moment :

Homme libre, toujours tu chériras la mer!
La mer est ton miroir; tu contemples ton âme
Dans le déroulement infini de sa lame,
Et ton esprit n'est pas un gouffre moins amer.

Une fois de plus, tu n'as d'autre alternative que d'entrer dans son histoire puisque tu es identifiée comme faisant partie intégrante de la scène. Mais votre dialogue n'a d'incohérence qu'en apparence. Cela fait longtemps – un temps sans mesure véritable – que tu es entrée en *romancie*, à leurs côtés. Comme au cinéma, tu éprouves le vertige de la métalepse – sans frontière possible entre la fiction (qui est réalité) et la réalité (qui est devenue fiction), tout étant question de point de vue. Baucis entend, hésite à comprendre – tout se déroule pour elle sur un autre plan, plus difficile à saisir. Mais, comme lui ce jour-là, elle capte la lumière.

Au moment de partir, ivre d'air marin, tu convoques à part toi ces autres vers :

Vous êtes tous les deux ténébreux et discrets :
Homme, nul n'a sondé le fond de tes abîmes.

C'est la fiction devenue habitable qui te livre le plus vrai de ton père, dont la logique imparable résiste et structure jusqu'au rêve :

– Tu pars ? Au revoir. Ne rate pas ton hélicoptère !

Et tu sens comme un coup d'air marin dans tes cheveux.

La période des entrevues carcérales ensuite imposées sera difficilement supportable ; c'est pourquoi tu les espaces, car il faut prendre date longtemps à l'avance et s'intégrer dans une étroite plage temporelle, qui t'étouffe. Puis aller, comme au parloir, là où le rêve n'a plus sa place.

Tu ne sais pas encore qu'au mois d'avril 2021, le virus fera plus de 100 000 morts en France. Mais tu connais déjà les causes de cette mortalité : une forme d'encombrement des voies respiratoires suite à la destruction massive de cellules virales invasives, qui conduit parfois à un syndrome de détresse respiratoire aigu. Tu entends parler presque quotidiennement du fameux « orage cytokinique » qui dérègle le déferlement des cellules immunitaires dans l'organisme et crée une hyperinflammation fatale. Pour vous mettre à l'abri de ce risque, qui s'élève statistiquement avec l'âge, on t'impose donc avec une violence administrative inouïe un sevrage affectif qui t'exclut de l'univers parallèle que tu t'étais approprié. Car en réalité, tu expérimentes depuis trois ans les bonheurs et les aléas d'une existence siamoise. Une vie double dont la monstruosité n'est qu'apparente : même sang et mêmes organes en effet se retrouvent dans les deux sphères devenues inséparables de ton quotidien. Mais maintenant, on a coupé en deux ta vie siamoise sans t'en demander la permission.

Désormais les visites, avec leur rythme propre et leur respiration régulée, sont sous contrôle. Tu t'inscris sur un registre. Tu prends ta température – qui montre invariablement que tu es entrée en période de glaciation. Tu te travestis en endossant une blouse blanche qui t'efface progressivement aux yeux de Philémon et de Baucis. Tu te fonds sur un mur de craie, fantôme parmi les fantômes, pour te présenter à eux avec ta silhouette dépourvue de tout signe de reconnaissance. Ta voix est filtrée par le masque. Tu la forces à outrance pour hurler l'intime dont toute trace est finalement vouée à disparaître. Il faut à chaque fois l'intervention d'une médiatrice pour qu'affleure dans l'esprit de ce vieux couple l'idée de ta présence. C'est votre relation qui finira par mourir d'asphyxie, faute d'oxygène.

Cette autre fois Philémon (car c'est toujours lui qui mène la danse) considère que le trafic d'avions est excessif en regardant vaguement par la fenêtre qui donne sur la rue de la toujours charmante cité thermale. Il reste bougon jusqu'à ce qu'une illumination le métamorphose littéralement. Mais… c'est toi, Cécile ?… C'est bien toi ? ça alors ! On est là tous les trois alors ? Ensemble ? Mais c'est pas possible ! C'est le bon Dieu !

Philémon, dont la foi t'avait échappé jusqu'à ce jour, rit de joie pleine. Il rit.

À la fin de l'entretien minuté, Viviane, l'auxiliaire de vie, vient les chercher. Ils n'opposent aucune résistance.

Philémon s'inquiète : comment faire, pratiquement, pour sortir de là, monter ou descendre dans les étages ? Et *y a-t-il seulement un lit quelque part ?*

– Oui, Philémon. Soyez tranquille : votre chambre et vos lits sont là-haut. On y va. On va prendre l'ascenseur.

– Ah ! c'est bien alors.

Tu es là dans ta blouse blanche. Tu les vois partir sans même avoir l'idée de se retourner. Viviane pousse doucement le fauteuil roulant de Philémon ; elle tient Baucis, qui avance à petits pas, par la main. Ils vont, de dos, avec lenteur, comme deux vieux enfants. Ils sont en paix. Leur ombre se découpe sur la paroi. Tu te dis que cette image sera la dernière.

C'est une vieille bobine de Super 8 qui se déroule. C'est du noir et blanc.

Elle marche.

Elle serait de dos et sa silhouette très fine se découperait sur le fond de l'air tremblant comme les jours de forte chaleur. L'avenir serait devant elle. Il la regarderait.

Ce serait au bord de la mer et la pellicule grésillerait juste ce qu'il faut pour dire la fragilité de la vie.

Elle avancerait pour toujours dans l'air tremblant en bord de falaise. Ses pas auraient le rythme des vagues.

Elle trouerait naturellement l'écran, à force d'avancer : elle se retournerait, elle aurait la peau brune et les cheveux noirs, une robe étroite à larges bandes mauves et bleu turquoise, des sandales à hauts plateaux se détacheraient de ses chevilles. Elles traceraient le chemin de la vie.

Elle lui sourirait.

Ils ne nous appartiendraient plus.

Un jour, raconte la fable, « usés d'âge et d'années », Philémon et Baucis se métamorphosent. Baucis d'abord, « se couvre de feuilles » et, tandis qu'ils se disent au revoir, « en même temps, en même temps, le feuillage cache, couvre leur bouche[1] ».

1 Ovide, *Les Métamorphoses*, livre VIII, *Baucis et Philémon* (traduit du latin par Marie Cosnay), Paris, Le Livre de Poche, 2020.

Collection "1er mille"

Jérôme d'Astier,
Le Désordre, 2000 ;
Bain de minuit, 2001 ;
Dans une ville étrangère, 2016 ;
Tendre Hiver, 2023.

Nathalie Aumont,
Consolation, 2013.

Cécile Beauvoir,
Louise Lullin, 2003 ;
Le Chemisier, 2004 ;
Avec toi, 2005.

Gisèle Berkman,
Madame, 2021.

Alain Bertrand,
La Lumière des polders, 2003.

Christian Birgin,
La Mort de Pouchkine, 2000.

Rodolphe Blavy,
Le Pardon, 2015.

Sylvie Bocqui,
Une saison, 2013 ;
Ce genre de fille, 2018 ;
Paulownia, 2019.

Olivier Boura,
La Nuit du Rhône, 2001.

Nicolas Cano,
Bacalao, 2010.

Pascal Chapus,
Monument Valley, 2023.

Agnès Clancier,
Karina Sokolova, 2014.

Myriam Cohen-Welgryn,
La Petite Dernière, 1999 ;
Mères, 2001.

Philippe Comar,
Les Dunes d'Ambleteuse, 2004.

Geneviève Damas,
Histoire d'un bonheur, 2014.

Kéthévane Davrichewy,
Tout ira bien, 2004.

Céline Debayle,
Baudelaire et Apollonie, 2019 ;
Les Grandes Poupées, 2020 ;
Sous l'aile du lion, 2022 ;
Dans le jardin de l'hôtel Dean's, 2025.

Alice Dekker,
Les Douces Choses, 2022 ;
La Collection, 2024.

Jean-François Deniau,
Le Bord des larmes, 2000.

Laura Desprein,
Braise, 2002.

Didier Duprat,
Dernières nouvelles des oubliés, 2004.

Blandine Fauré,
Faune et flore du dedans, 2018.

Christine Féret-Fleury,
Les vagues sont douces comme des tigres, 1999 ;
L'Évier, 2001 ;
Sept Péchés, 2003.

Maxence Fermine,
Neige, 1999 ;
Le Violon noir, 1999.

Florent Feyrabend,
Le Cocon, 2004.

Philippe Fréling,
Ceinture jaune, 2007.

Xavier Gardette,
Tocqueville à la plage, 2016.

Cyril Gely,
Le Dernier Thé de maître Sohô, 2024.

Hélène Gestern,
Eux sur la photo, 2011 ;
La Part du feu, 2013 ;
Portrait d'après blessure, 2014 ;
L'Odeur de la forêt, 2016 ;
Un vertige, 2017 ;
L'eau qui dort, 2018 ;
Armen, 2020 ;
555, 2022.

Xavier Girard,
Inconvénients de la perfection, 2023.

Emmanuelle Grangé,
Son absence, 2018 ;
Les Amers remarquables, 2019 ;
Les Risées du lac, 2021.

Coralie Grimand
Inventaire du matrimoine, 2024.

Arnaud Guillon,
Écume Palace, 2000 ;
15 août, 2002.

Karen Haddad,
Le Dernier Voyage de Salomon Martcher, 2022.

Béatrice Hammer,
Ce que je sais d'elle, 2006.

David Hennebelle
Vers la flamme, 2023.

Jean-Paul Honoré,
Pontée, 2019 ;
Un lieu de justice, 2021.

Philippe Honoré,
L'Obligation du sentiment, 2008.

Claire Huynen,
Ceci est mon corps, 2023.

Géraldine Jeffroy,
Un été à l'Islette, 2019 ;
Imaginer Calder, 2024.

Anne Kanapitsas,
L'Odeur de la menthe, 2004.

Alexandre Kauffmann,
Mauvais numéro, 2000 ;
Le Faux-Fuyant, 2003.

Marie-Hortense Lacroix,
Comme une voix lointaine, 2005.

Didier Lahais,
Lettre à Jean, 2002.

Hélène Lanscotte,
Fringales, 2020.

Élisabeth Laureau-Daull,
Le Syndrome de glissement, 2012.

Hélène Le Chatelier,
Dernière adresse, 2009.

Pierre Le Coz,
Plein sud, 2001.

Antoine Marcel,
Carnet chinois, 2002.

Jean-François Merle,
Le Grand Écrivain, 2018.

Véronique Merlier,
L'Angle mort, 2012.

Céline Milliat-Baumgartner,
Les Bijoux de pacotille, 2015.

Marc Molk,
Pertes humaines, 2006.

Jean-Claude Mourlevat,
Je voudrais rentrer à la maison, 2002.

Karine Naouri,
Le jeu des Rois, 2000.

Éric Pelsy,
L'Été de Rico, 2003.

Christophe Perrier,
Harmonie des vents contraires, 2019.

Emmanuel Pernoud,
Le Red Boy, 2016.

Françoise Pirart,
La Nuit de Sala, 2006.

Jean-Marie Planes,
Le Chemin de Macau, 2017 ;
Une vie de soleil, 2019.

Emmanuel Pons,
Je viens de tuer ma femme, 2006 ;
Ma mère à l'origine, 2007.

Laure Protat,
L'Indifférent, 2014.

Flore Quaquin,
Racailles, 2003.

Anne Révah,
Manhattan, 2009 ;
Pôles magnétiques, 2012.

Michel Robert,
La Grosse Marfa, 2001.

Philip Rohr,
Vie sauvage, 2003.

Frédéric Rossignol,
Johnny Johnny, 2024.

Danièle Roth,
La Mouette juive, 2003.

Eliane Saliba Garillon,
Le Journal impubliable de George Pearl, 2015.

Fanny Saintenoy,
Les Clés du couloir, 2023.

Joëlle de Sermet,
La Note rouge, 2005.

Marie Sizun,
Le Père de la petite, 2005 ;
La Femme de l'Allemand, 2007 ;
Jeux croisés, 2008 ;
Plage, 2010 ;
Un léger déplacement, 2012 ;
Un jour par la forêt, 2013 ;
La Maison-guerre, 2015 ;
La Gouvernante suédoise, 2016 ;
Les Sœurs aux yeux bleus, 2019 ;
Ne quittez pas !, 2020 ;
La Maison de Bretagne, 2021 ;
Les Petits Personnages, 2023 ;
10, villa Gagliardini, 2024.

Laurence Tardieu,
Comme un père, 2002 ;
Le Jugement de Léa, 2004.

Richard Torrielli,
L'Anesthésiste, 2016 ;
La Fugue, 2021.

Frédéric Touchard,
Nu rouge, 2011.

Fabienne Valière,
Morte, 2011.

Anthony van den Bossche
Performance, 2017.

Hélène Veyssier,
Jardin d'été, 2019 ;
Comme une ombre portée, 2020.

Jean-Daniel Verhaeghe,
Le Jeu de l'absence, 2012.

Christine Vigneron,
Le Cheval de nuit, 2006 ;
Jean est là-bas, 2010 ;
Vous seriez ce garçon, 2015.

Sylvie Wojcik,
Les Narcisses blancs, 2021 ;
Les Dernières Volontés de Heather McFerguson, 2023.

Ramy Zein,
Partage de l'infini, 2005 ;
Les Ruines du Ciel, 2008 ;
La Levée des couleurs, 2011.

ACHEVÉ D'IMPRIMER
EN NOVEMBRE 2024
SUR LES PRESSES DE
LA NOUVELLE IMPRIMERIE
LABALLERY À CLAMECY
NIÈVRE

Numéro d'édition : 1396
Numéro d'impression : 411529
Dépôt légal : janvier 2025
Imprimé en France